afgeschreven

DE VERLOREN LICHTSTEEN

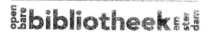

Marina Theunissen

De verloren lichtsteen

Uitgeverij C. de Vries-Brouwers

Antwerpen   Rotterdam

CIP GEGEVENS KONINKLIJKE BIBLIOTHEEK, 's-GRAVENHAGE
C.I.P. KONINKLIJKE BIBLIOTHEEK ALBERT I

Theunissen, Marina

De verloren lichtsteen / Marina Theunissen. –
Antwerpen ; Rotterdam : de Vries-Brouwers.
ISBN 978-90-5341-714-0
NUR : 283
Trefw.: verhaal, avontuur

ISBN 978-90-5927-177-7
D/2010/0189/6

HOOFDSTUK 1:

Tante Nel

'Tante Nel komt op bezoek.'

Mama heeft het nog maar net gezegd of ik krijg de kriebels.

'Kom Roel, zo erg is dat niet. Lief zijn hoor.'

Ik geef een schop tegen de trap en ren naar boven.

'Niet weer hè! Wat moet dat mens hier?'

Het is alsof ik al voel hoe ze in mijn wang knijpt en zegt:

'Wat ben jij gegroeid zeg!'

En dan, dan moet er gezoend worden. Tante Nel prikt. Haar kin staat vol met witte, stijve stoppels. Ik haat dat gezoen. Het voelt aan als een paard met dikke, natte lippen. Bah!

Ik stop haar bed vol met kikkers of glibberige slakken. Beter nog, met koude vanillevla. Ieder jaar weer komt tante Nel logeren, helemaal uit Noorwegen.

Ik ben nog nooit in Noorwegen geweest. Mama

zegt dat ze in een prachtige houten villa woont. Met mooie rode kleuren. Een beetje als een poppenkast, maar dan in het groot. Eigenlijk kan me dat geen barst schelen. Ik vind het niks dat mama het zo hoog op heeft met tante Nel. Ik snap wel waarom, hoor. Tante Nel is rijk. Als mama over haar vertelt, steekt ze haar neus deftig in de hoogte. Haar lippen trekt ze samen in een bolletje. Hieraan kun je zien hoe belangrijk tante Nel is. Ik? Ik vind er niets belangrijks aan. Ze is gewoon een oud, naar mens.

'Roel! Kom je?'

Wat? Nu al?

'Kijk nou toch eens. Wat ben jij gegroeid, zeg!'

Tante Nel buigt zich voorover om mij een zoen te geven. Maar zo snel als ik kan buk ik me en raap tantes handschoen op.

Mis poes. Zou ze lang blijven?

'Zozo mijn jongen, jij gaat dus volgende week mee?'

Wat? Dat van mijn leven helemaal nooit niet. Ik kijk naar mama. Zij staart de andere kant op. Naar iets wat ik niet zie. Dat doet ze zo vaak de laatste tijd, sinds papa het huis uit is. Op een dag heeft hij zijn koffer gepakt. Hij woont nu bij de jonge, blonde Elsie.

'In zijn jeugd blijven hangen,' zeggen ze in de

familie. 'Holt zijn jonge jaren na. Maakt een crisis door.'

Wat voor crisis ben ik even vergeten. Iets met 'life' in denk ik. Het is vast heel erg. Voor minder was papa niet weggegaan.

'Je tante komt je halen voor een leuke vakantie in villa IJskristal,' tettert tante Nel. Ik voel een dikke prop in mijn keel. Ik wil hem doorslikken, maar het lukt me niet.

'Mam? De hele vakantie?'

Mama schrikt wakker: 'Nee Roel, een maand, dan kom ik je halen.'

'Een hele maand? Dan ben ik bijna tien.'

'Ja!' Tante Nel neemt het regime over.

'Je moeder heeft een tijdje rust nodig. Zo kan ze even nadenken over haar leven. En dan over een tijdje de draad weer oppakken.'

Ik krijg een beetje pijn in mijn buik. Het is waar, mama gedraagt zich anders sinds papa weg is. Is het mijn schuld? Mijn schoolrapport heeft te veel onvoldoendes. Op mijn kamer is het een bende. Die ziet eruit alsof er een bom is ontploft. En ja, mijn radio staat steeds loeihard. Ook was ik mijn handen bijna nooit. Is dat allemaal zo erg, dat papa daardoor een crisis heeft gekregen? Zo erg, dat mama mij wegstuurt met tante Nel?

Ik sleur de bagage van tante de trap op. Wat zou dat mens toch allemaal meeslepen? Als ik denk aan make-up glimlacht mijn mond vanzelf. Het zal niet veel helpen, al smeert ze er iedere dag een kilo op.

Met een brede zwaai gooi ik de koffer op het bed. Zoals ik het wel eens in oude films heb gezien, maak ik een diepe buiging. Dan schuifel ik voetje voor voetje achteruit naar de deur: 'Alles naar wens voor mevrouw?'

'Ja jongen! Nog een kop koffie met een wolkje melk en een half klontje suiker.'

'Kreng.'

'Wat zei je daar?'

'Zeker tante, komt voor elkaar.'

Met drie treden tegelijk ren ik de trap af. In de hal schuif ik met het versleten Perzische tapijt een eind vooruit. En als een echte brokkenpiloot rem ik af op het parket in de woonkamer. Daar staat mama met haar rug naar me toe. Ze huilt. Ik zie het aan de kleine schokjes in haar schouders. Ze ziet er zo wit en breekbaar uit, net porselein. Onbeweeglijk staart ze door het raam naar buiten. Ik wil haar vastpakken en zeggen dat ik er altijd voor haar zal zijn. Gewoon haar vertellen: 'Mama ik hou van je. Jij bent alles voor mij. Ik ben toch al groot. Laat mij maar voor je zorgen?' Maar ik durf het niet. Mijn hart is zo bang. Daarom twijfel ik even.

Tante Nel marcheert de woonkamer binnen. Met een stem waar porselein van breekt brult ze:

'Waar blijft die koffie?'

'Ja mevrouw de generaal.'

'Wablief?'

'Uw wil is wet.'

Ik maak een diepe buiging. Ik houd mijn lach nog net in en ga naar de keuken. Ik hoor tante Nel zeggen:

'Wel Anneke, aan die jongen zal ik veel werk hebben.'

'Och, hij kan het ook niet helpen dat ik...' zucht mams.

'Stop!' roept tante Nel. 'Het is de hoogste tijd dat je eens aan jezelf denkt.'

Aan tafel is de spanning te snijden. Mama huilt. De generaal deelt orders uit.

'Rechtop zitten! Je mes plat houden! Niet met volle mond praten!'

En dat, dat vind ik juist leerrijk. Dan is het net alsof je een vreemde taal spreekt. Maar grote mensen snappen dat niet. Grote mensen snappen niets.

HOOFDSTUK 2:

Villa IJskristal

Vijf dagen later sta ik met tante Nel in het plaatsje Klökkenverk. Ze heeft een kamer geboekt in het hotel: Gouwe Fjörd. Indien ik mijn tong dubbel vouw, kan ik het bijna uitspreken. Als ik tante vraag waarom we niet meteen doorreizen zegt ze:
'Het is nog een heel eind tot in het Noorden.' En: 'Een goede nachtrust doet wonderen.'
Ik vind dat ook, maar ik hou niet zo van hotels. Ik vraag aan tante waarom ze in Noorwegen is gaan wonen. Een land waar het zo koud is. Je moet er een heleboel mutsen en jassen dragen, anders vries je dood.
Ze mompelt: 'Familie... graag... veel... hmm niet zo!'

Echt wijzer word ik er niet van. Als we gaan eten ben ik blij dat ik vlak bij het raam mag zitten. Zo kan ik naar buiten kijken. Geef toe een oude vrouw en een jonge knaap is geen gezicht. Er zitten wel meer kinderen in het restaurant. Maar geen van hen heeft zo een oude taart bij zich. Door het glas zie ik felgekleurde huizen van twee of drie verdiepingen. Middenin staat een grijs kerkje met een korte torenspits. Het is net alsof hij bang is om hoog in de lucht te steken.

De mist heeft een sluier geweven rond dit kleurrijke schouwspel. Hier en daar zie je het flauwe licht van een grauwe straatlamp. Dat maakt het allemaal vrij spookachtig.

'Woon jij ook in zo 'n huis tante?'

'Ja Roel, mijn villa lijkt er wel wat op.'

'Zijn er trollen?'

'Ach malle jongen, trollen? Vroeger, ja! Maar nu? Ik weet het niet.'

De volgende dag reizen we verder langs een weg vol haarspeldbochten. Tante vertelt me dat dit de Trollenweg is.

'Men zegt dat er heel vroeger alleen trollen woonden in dit berglandschap. Zij voelen zich het beste thuis tussen de bergen en meren.'

Ik vind het idee aan trollen sowieso cool. De reis echter, valt minder mee. Erg ver en daardoor ook super vermoeiend. Maar na een dag hotsen en botsen, komen we in Goedewangen aan.

'Hier woon ik, vlakbij het Brokkameer. Dit is het

grootste meer van Noorwegen,' zegt tante niet ten onrechte trots.

Bij het woord meer denk ik aan de plas vlak bij ons huis. Daar ga ik wel eens vissen. Maar het Brokkameer is wel even anders. Zo groot! Ik kijk mijn ogen uit. Het blauwgroene water strekt zich uit tussen de ruwe steenmassa's. Het lijkt alsof de huizen zich vastklampen aan de rotsen. We blijven staan bij een rode houten villa die kleurrijk afsteekt tegen de kille omgeving.

'Dit is mijn huis. Welkom in villa IJskristal.'

Dus hier woont tante Nel. Midden in het grote niks. Ik kijk de straat af tot beneden. Er staan nog een tiental huizen. Ze lijken allemaal op het huis van tante Nel. Alleen zijn ze een stuk kleiner. Helemaal beneden zie ik de botte punt van een staafkerk. Hij steekt flauw af tegen de koude lucht. Net alsof hij waakt over dit kleine onooglijke dorpje. Een dorp met één kruidenier en voor de rest niets. Ik voel een strakke band rond mijn keel. Ik ben blij dat tante het niet merkt. Of zou ze maar doen alsof? Nee, ze generaalt gewoon verder:

'Kom, breng de koffers naar boven. Eerst die van jou, dan die van mij.'

'Waar is mijn kamer?'

'Helemaal op zolder.'

'Op zolder?'

'Is daar iets mis mee?'

Ik weet niet of er iets mis mee is. Maar wat ik wel weet, is dat het een gesjouw is.

Ik sleep de koffers één voor één naar boven. Bij iedere stap kraakt de trap vreselijk. Net alsof er een olifant omhoog klimt. Kreunend draait de zolderdeur open. Om het licht aan te knippen steek ik mijn hand naar binnen. Een oude lamp verspreidt een flauw schijnsel.

Mijn ogen hebben tijd nodig om te wennen. Dan zie ik een hoog antiek bed, met aan beide kanten slanke nachtkastjes. Erboven hangen portretten van mensen in ouderwetse kleren. Links de foto van een strenge heer met een dikke, zwarte snor. En rechts hangt een dame, met een zachte lach en een grote kanten kraag. Tegen de andere muur staat een versleten kleerkast. De ronde spiegel heeft de mazelen. Naast de kast hangt een vaal fluwelen gordijn. Ik ben zó nieuwsgierig. Mijn handen jeuken. Eerst kijk ik snel even naar de deur. Dan schuif ik met één ruk het gordijn opzij. Ik zie een oude, lage deur op weg naar ik-weet-niet-wat.

Ik hoor mijn hart in mijn hoofd bonken. Wat zou er achter dat minideurtje zijn? Ik pak de deurknop vast en draai hem voorzichtig naar links. Zo te voelen is hij in jaren niet meer open geweest.

Dan schrik ik en draai me snel om. Tante Nel is naar boven gekomen. Ze drukt haar vlakke hand tegen haar hart en blaast kleine stootjes lucht naar buiten.

'Poeh, zelfs al ging ik maar één keer per dag die trap op, dan zou ik het niet lang volhouden. Net alsof ze mijn adem hebben afgesloten.'

Vanbinnen moet ik lachen, maar ik vraag suikerzoet:

'Tante Nel, heb je beneden nog een zaklamp die ik mag gebruiken? Ik slaap pas goed als ik nog een beetje kan puzzelen.'

'Ja hoor, maar kom nu mee naar beneden. Eerst gaan we iets eten. Ga jij een vers brood halen? Er is een winkel om de hoek.'

In de smalle straat die schuin naar beneden loopt, staat een klein huis.

Het lijkt erg oud. Donkere ramen, kale versleten vensterbanken en een scheefgezakte voordeur. Ervoor op een ruwe stenen dorpel zit een eigenaardig heertje. Zijn hoed staat scheef op zijn linkeroor. In zijn mond hangt een doorgerookte pijp. Af en toe stijgt een dikke walm omhoog. Ik vind het een griezelig mannetje. Hij draagt een bril. Twee helgroene ogen gluren boven het antieke montuur uit. Ze staren in mijn richting. Een ijskoude rilling kruipt langs mijn ruggengraat tot in mijn nek. Snel draai ik me om en ga de winkel binnen.

Als ik een paar tellen later opnieuw langs het huisje kom, is dat rare kereltje verdwenen.

Na het eten klim ik de trap op. Ik was me maar half en heb geen zin om mijn tanden te poetsen. Ik kruip in bed. De lakens stinken naar schimmel. Maar dat kan me niets schelen. Ik sluit mijn ogen en opeens is het alsof zich een film afspeelt in mijn hoofd. Een trieste film. Ik zie mama met rode ogen van het huilen. En in een flits zie ik mijn papa. Zou hij gelukkig zijn met zijn nieuwe vriendin? Zou hij me missen zoals ik hem mis? Weet hij wel dat ik in Noorwegen ben? Als mijn durf groter wordt, wil ik praten met mijn papa. Ik wil hem vertellen van mama's verdriet. Maar ook afspreken dat als hij terugkomt ik een flinke jongen zal zijn. Dat ik beter mijn best zal doen op school. Hij moet me helpen om voor mama te zorgen.

HOOFDSTUK 3:

Het geheimzinnige zolderdeurtje

Opeens schrik ik wakker uit een akelige droom. Een droom over een dikke walm uit een oude doorgerookte pijp, net smog. In die smog schitterden wel honderd helgroene ogen, die me priemend aanstaarden. Ik ril en probeer niet meer aan die droom te denken.

Het is nog heel vroeg. De zon komt net op en probeert met haar zwakke stralen de wolken opzij te schuiven. Ik kijk even de kamer rond. Zou tante Nel ook wakker zijn? Maar wat is dat?

Ik schrik me rot. Het vale gordijn naast de kast staat helemaal bol. Net alsof de wind erin waait. Dat kan toch niet. Het deurtje zat toch potdicht? Voorzichtig stap ik uit bed. Snel pak ik de zaklamp. Op mijn tenen loop ik naar het gordijn. Niet te geloven! Wie heeft dat deurtje opengedaan? Mijn hart klopt in mijn keel. Maar toch voel ik me een held. Ik steek mijn hoofd naar binnen. Binnen? Buiten? Of is hier buiten binnen?

Ik zie een vochtige, beschimmelde wenteltrap. Zonder verder na te denken loop ik tree voor tree naar beneden. Ugh, dikke spinnenwebben plakken tegen mijn gezicht. Met mijn linkerhand veeg ik ze weg. Mijn rechterhand klem ik rond de trapleuning. Dan sta ik even stil. Hoor ik water stromen? Onder het huis van tante Nel? De spanning in mijn buik maakt, dat ik zonder na te denken verder naar beneden ga. Het lijkt hier wel een grot. Stukken van rotsblokken steken grimmig omhoog. Ik kan ze zien in de straal van mijn zaklamp.

Liefst wil ik terug naar boven. Ik draai me snel om. Maar wat is dat? Verschrikt spring ik achteruit. Een groot ijzeren hek valt naar beneden. Het metaal mist me op één haar na. De trap naar boven is afgesloten. Wat moet ik nu?

Voetje voor voetje schuif ik naar achter en stoot me tegen een stuk rots. Ik krijg een slap gevoel in mijn benen. Hoe kom ik hier weg en welke kant moet ik op? Ik kijk naar rechts, daar is het pikkedonker. En links...zie ik een vaag lichtje flikkeren dat langzaam maar zeker mijn kant uit komt. Ik voel me niet veilig meer en verstop me snel achter een rotsblok. De dansende vlammen van een grote toorts komen dichterbij. Ik adem heel zwaar. Hopelijk hoort niemand het.

HOOFDSTUK 4:

Betoverd

Een stem die met zichzelf praat, vult de holle ruimte. Schuifelende voetstappen glijden langs het rotsblok. Het lichtschijnsel tovert grillige figuren op de wand.

Vaag zijn de omtrekken van een naderend wezen te zien. Een mens? Een dier? Nee! Als ik het wezen herken, begint mijn hart luid te bonken. Het lijkt wel een trol! Ik weet hoe een trol eruit ziet, want ik heb er een boek over. Daarin staat, dat het boosaardige wezens zijn. Ze kunnen je wensen vervullen, maar ze kunnen je ook betoveren. Alleen als je hun naam raadt, verliezen ze hun toverkracht.

Ik houd me dood. De trol loopt nu vlak langs de rots waar ik achter zit. Het lijkt alsof hij naar beneden gaat, een donkere gang af. Ik draai me half om. Zo kan ik het mannetje blijven nakijken.

O nee!

Per ongeluk stoot ik met mijn voet tegen een loszittende kei. Deze stuurt op zijn beurt een lawine van kiezelsteentjes achter de trol aan. Met een ruk draait hij zich om. Zijn felgroene ogen kijken heel vals. Mijn keel gaat bijna dicht van schrik.

De ogen van het mannetje in het dorp? De ogen uit mijn droom?

'Mal, rr, dar, zz, wikkkkkk,' gromt de trol, 'Maldarwi, krzr.'

Dan zet die kleine het op een lopen.

Heb ik hem bang gemaakt? Ineens voel ik me superman. Hij loopt van me weg. Moedig zet ik de achtervolging in.

Oeps, verdr...! Bijna struikel ik. Dan was ik er gloeiend bij geweest.

Er ligt een grote kei voor mijn voeten. De trol schrikt en kijkt om. Zijn woeste ogen vuren gevaarlijk in mijn richting. Ik kan het toch ook niet helpen dat hij die steen liet vallen? Ik hoef hem maar op te nemen. En dat doe ik ook. Snel steek ik hem in mijn zak. Hij is helemaal niet zwaar. Misschien handig voor straks? Heb ik iets om me te verdedigen.

De gang is lang en glibberig. Het kost me dan ook moeite om niet uit te glijden. De trol heeft zich weer omgedraaid. Waar rent dat mannetje toch zo paniekerig heen?

Opeens blijft de trol weer staan. In één ruk draait

hij zich om. Met veel omhaal strekt hij beide armen recht voor zich uit. Ik versta niet eens wat hij zegt. Hij brabbelt een heleboel hocus-pocuswoorden. Ik glimlach even, maar het is wel een bibberig lachje. Maar dan?

Knalgroene bliksemschichten schieten uit de ogen van de trol, recht op me af. Wat nu?

'Bakka bakka boek!'

Snel probeer ik aan de kant te springen, maar het flitslicht raakt nog net mijn linkerhand. Ik voel me helemaal verstijven. Ik kan me niet meer bewegen.

'Hihihi...' hikt de trol. Hij komt naar me toe.

Ik besef niet goed wat er gebeurt. Ik voel me ineens zo nietig. Ik voel me zo klein. Net als Pinokkio in de buik van de walvis.

Pinokkio?

De rots waar ik achter stond lijkt immens groot. De grot nog groter. Wat is er gebeurd? Ik hoorde een paar onverstaanbare kreten. En toen? Ineens dringt het tot me door. Dat onooglijk groene kereltje heeft me betoverd in een heel kleine jongen. Wat moet ik nu?

Mijn angst tuimelt in mijn buik. De nare trol kijkt groen maar lacht zwart. Dan ritselt hij van onder zijn vest een papieren zak tevoorschijn. Hij beweegt hem met de opening in mijn richting.

Ik zet me af van de grond. Ik wil hier weg! Liefst zo snel mogelijk. En dan...?

Niet te geloven, ik ga omhoog. Hoe kan dat? Kan ik vliegen?

Achter mij voel ik een zacht windje. Ik kijk om en zie dat ik vleugels heb. Veel tijd om na te denken heb ik niet. Want onder mij zie ik de klauwen van de trol. Ze willen me grijpen. Maar hij kan er net niet bij. Ik ga nog hoger vliegen. Maar waar kan ik heen?

Daar!

Helemaal boven in de rotswand zie ik een spleet. Hopelijk is die groot genoeg om me te verbergen. De spleet zit net onder het plafond. Ver boven de grijpgrage handen van de akelige trol.

Stil zet ik me neer. Wel heel stil.

De trol loopt schreeuwend de gang op en neer. Hij heeft niet eens gezien waar ik me verstopt heb. Wat een geluk. In stilte praat ik met mezelf.

'Niet bewegen Roel. Houd je stil jongen.'

De trol is woest. Zo boos heb ik nog nooit iemand gezien.

'Ik krijg je wel, rotjong en dan… dan zul je… dan zal ik… '

Hee! Ik kan hem verstaan? Ik luister naar het gesputter en het gebrom van dat miezerige mannetje. Dat duurt nog een hele tijd. Maar dan wordt zijn stem zachter en zachter.

Opeens is het helemaal stil in de gang. En ik, ik

ben alleen. Met vleugels, dat wel. Maar wat moet ik daarmee? Ik stop mijn linkerhand in mijn pyjamazak. Gek, die steen is er nog. Een toversteen? Hé, niet te geloven! Dat spul is ook gekrompen. Wat een rare vorm! Die wil ik straks meenemen als souvenirtje aan dit avontuur.

Maar toch denk ik dat ik zo meteen gewoon wakker word. Dan roept tante Nel me voor het ontbijt. En dan is dit alles een droom geweest.

HOOFDSTUK 5:

Amphimallon Atrum

Zou tante Nel me missen? Zou ze ongerust zijn? Vast niet. Komt haar misschien goed uit, als ze die last-post kwijt is. Hopelijk belt ze mama niet. Die heeft al zorgen genoeg. Als ik niet terugkom, belt ze papa zeker op. Misschien komt hij me dan zoeken? Maar binnenin denk ik: 'Beter niet.' Hij zou weer tegen mama zeggen: 'Zie je wel, dat ventje van jou kan niets.'

Maar ik zal hem eens laten zien dat ik best mijn eigen boontjes kan doppen!

Ik ga verzitten. Mijn billen doen serieus pijn van die harde rots.

En honger heb ik ook. Mijn maag rommelt! Ik kan beter op onderzoek gaan. Hier blijven zitten heeft geen zin. Het is veel te smal en laag, ik kan hier niet vliegen. Dan maar op handen en voeten dieper de grot binnen. Terug naar beneden durf ik niet. Stel je voor dat die woeste trol me opwacht. Ik wil er niet aan denken dat hij me vangt in die vieze grote zak. Misschien vind ik wel een andere door-gang om te ontsnappen?

Bah! Ik ben kletsnat. Dikke druppels water druipen van de wand. Eén voor één spatten ze op mijn rug. Ik heb het koud. Als ik niet oplet, word ik straks nog ziek. Een vliegende, zieke Roel. Wie heeft daar nu wat aan?

'Hatsjie!'

'Gezondheid.'

'Dank u.'

'Niets te danken.'

'Huh?!' Verschrikt kijk ik op. Ik zie een zwarte kever. Hij is zo groot als een kraai. Snel kruip ik een eindje terug. Zo'n groot beest. En wat hoorde ik? Kevers praten toch niet? Ik kijk om me heen en kruip verder weg van die griezelige kever. Maar de reuzenkever komt me na.

'Ben je verdwaald of zo?' vraagt het beest.

'Maar... kevers praten toch niet?'

Nu moet de kever lachen:

'Wat ben jij een rare elf! Alle elfen kunnen toch praten met dieren.'

'Ik... ik ben geen elf!'

'Nee? Wat ben jij dan wel?' vraagt de kever nieuwsgierig.

'Ik... ik ben een jongen! Een mens.'

'Waahahahahah,' de kever brult van het lachen.

'Als jij een mens bent, dan ben ik een tovenaar!'
De kever giert het nu uit. Hij rolt zich op zijn rug.
Met zijn zes poten maakt hij stuiptrekkende bewe-
gingen. Ik kan er niet om lachen. Ik ga zitten en sla
mijn armen om mijn knieën.

'Was je maar een tovenaar, 'zucht ik. 'Dan kon je
mij terugtoveren in een mens. En dan kan ik weer
gewoon naar huis. Wat zal tante Nel wel denken,
als ik straks niet op mijn kamer ben? Als ik niet als
een heel gewone jongen op een heel gewone morgen bezig ben om gewoon wakker te worden. En
erger nog, wat vertelt ze aan mijn mama?'

De reuzenkever stopt met lachen en komt overeind. Hij strijkt zijn vleugels netjes glad. Dan gaat
hij in een min of meer fatsoenlijke houding staan.
Hij kijkt me nog steeds ongelovig aan.

'Als ik het goed begrijp, ben jij betoverd?'

'Ja, door een trol met felgroene ogen.'

Nu schrikt de kever echt.

'Betoverd door Groenoog? Jongens, jongens, jongens.' Hij schudt medelijdend zijn hoofd.

'Groenoog, is dat zijn naam?'

'Nee,' zegt de kever, 'zo noemen we hem omdat
we zijn echte naam nog nooit gehoord hebben. En
geloof me, dat wil hij zo houden ook. Als zijn naam
bekend wordt, verliest hij zijn toverkracht. Dan is
zijn heerschappij hier zo voorbij, en wordt alles weer
zoals vroeger. Iedereen gelukkig.' Met één van zijn

grote voelsprieten streelt de kever mij over het hoofd.
'Mag ik me even voorstellen? Amphimallon Atrum
is mijn naam. Noem me maar gewoon Philomon.
Iedereen doet dat.'

'Ik ben Roel.'

'Aangenaam kennis te maken, Roel. Kom, ik
breng je bij je eigen volkje. Daar voel je je waarschijnlijk prettiger dan bij een oude, dikke tor,' grin-
nikt de kever.

'Terug naar huis?'

'Nee, ik breng je naar de lichtelfen. Ik denk dat
het daar nu het veiligst is. Tot we een betere oplossing vinden. Want geloof me, Groenoog zal je blijven zoeken. Zo snel geeft die boosaardige trol het
niet op.'

'Wat wil hij eigenlijk van me? Waarom heeft hij
me betoverd?'

'Dat weet je bij Groenoog nooit. Kom, het is nog
een heel eind naar Svartalheim.'

'Svartalheim?'

'Dat is de wereld van de donkere elfen.'

'We gingen toch naar de lichtelfen?'

'Ja, we gaan ook naar de lichtelfen. Het is alleen
zo dat die nare Groenoog de lichtelfen gevangen
heeft genomen. Hij heeft ze opgesloten bij de Svartalfer-elfen. Niet bij de Svartalfers in Svartalheim.
Maar wel in een grot dicht in de buurt. Zo kunnen
de Svartalfers de lichtelfen goed in de gaten hou-

den. Daar en in Svartalheim moeten de lichtelfen hard werken voor de donkere elfen. Geen lieverdjes zijn het, die donkere mannetjes. Dat kan ik je vertellen. Het zijn echte pestkoppen. Ik denk dat ze geen hart hebben. Want ze beleven er plezier in om anderen te treiteren. De lichtelfen daarentegen zijn heel anders. Zij zijn pas gelukkig als ze anderen kunnen helpen.'

'Maar,' vervolgt Philomon na een korte stilte, 'ze kunnen niet zonder zonlicht. Als ze lang opgesloten blijven, verliezen ze hun kracht.'

Philomon haalt een zucht helemaal uit zijn tenen.

'En dan, mijn jongen, zullen ze uitdoven en sterven. Dat zou pas een ramp zijn. Niet alleen voor de dieren, maar ook voor de hele mensheid.'

Ik sluit mijn ogen. Zo zie ik mama's verdriet beter. Zal zij ook uitdoven, nu papa is weggelopen?

'Waarom vluchten ze dan niet, Philomon?' wil ik weten.

'Vertel ik je nog wel. Kom!'

Aarzelend kruip ik achter Philomon aan.

HOOFDSTUK 6:

De lichtelfen

'Hoor je dat Roel?' Philomon wijst in de richting van een smalle grotopening.

De grot is heel groot, met hoge, vochtige rotswanden. Glimmende rotspunten hangen naar beneden. Overal zie ik kleine huisjes. Sommigen lijken tegen de rotswand geplakt, andere zijn gebouwd op een richel of in een spleet. Dit alles doet me aan een dorp denken. Overal zie ik elfen, veel elfen. Elfen die op de grond bezig zijn. Elfen die muziek maken. Elfen die zingen. Maar het zingen klinkt zo droevig. De muziek zit vol heimwee. Ik hoor er veel eenzaamheid en verdriet in.

Opeens is Philomon weg. Waarom doet hij nu zoiets? Hij weet toch dat ik hier niemand ken. Ik voel me ongemakkelijk tussen die vele elfen. Wat zullen ze wel van me denken?

'Welkom en wie ben jij dan wel?' vraagt een elf met een bolle buik. Hij wiebelt onhandig heen en weer. Het kost hem zichtbaar moeite om zijn evenwicht te bewaren op zijn dunne benen. Dan neemt hij zijn muts af en maakt een diepe buiging:

'Aangenaam kennis te maken. Ik ben hoofdelf Morrigon.'

'Eh… ik ben Roel.'

'Aha Roel. Kom, het is net etenstijd. Een mooie gelegenheid om je even voor te stellen. Vind je niet?'

Morrigon loopt voor me uit. Bij een paar lange tafels blijft hij staan. Op die tafels staan bloembladen en bloemkelken met de lekkerste hapjes en drankjes. Dan tikt Morrigon tegen een bloemkelk. Alle elfen kijken mijn kant op en staren me angstig aan.

'Wie heeft Groenoog nu weer gestuurd om te spioneren?' hoor ik.

'Dat is toch geen elf? Vast een verrader.'

Ik voel mijn wangen rood kleuren.

'Ja, ziet u,' praat ik te opgewekt. 'Eigenlijk ben ik een mens, maar…'

Whoesh!

Alle elfen vliegen weg. In een handomdraai zijn ze verdwenen. Zomaar in rotsspleten of gewoon achter de rotsen. Heb ik iets verkeerds gezegd? Ik begrijp er niets van. Ik snap niet dat de elfen zich verstoppen. Voor mij hoeven ze toch niet bang te zijn. Ik probeer te doen alsof het me niet kan schelen. Zo gewoon mogelijk praat ik verder.

'Eigenlijk ben ik nu geen mens meer. Kijk, ik heb ook vleugels. Groenoog heeft me betoverd. Maar geloof me, het liefst wil ik gewoon weer naar huis.'

Ik voel een dikke prop in mijn keel. Dan draai ik me om. Er zit niets anders op. Ik kan hier maar beter weggaan.

Een elfenmeisje met een zachte blauwe gloed op haar vleugels komt naar me toe.

'Hoi... Roel? Wil je nog even blijven? Ik vind het leuk om jou te ontmoeten. Ik ben Epona.'

Ik voel me blij worden. Een voor een komen de andere elfen ook weer aan tafel.

'We kunnen niet voorzichtig genoeg zijn,' zeggen ze.

'We dachten dat je misschien door Groenoog gestuurd was.'

'Groenoog had me niet eens gezien,' vertel ik hen. 'Totdat ik per ongeluk tegen een kei trapte. Die trol schrok zich dood en rende weg. Ik heb die kei opgeraapt, om me te kunnen verdedigen.'

De elfen knikken. 'En toen?'

'Die trol draaide zich ineens om en schreeuwde allemaal onverstaanbare spreuken. Zijn groene ogen werden steeds donkerder. Hij brabbelde nog meer wat ik niet begreep. Uit zijn ogen schoot een groene bliksemstraal.'

'En Roel, wat gebeurde er toen?'

'Ineens was ik heel klein en had ik vleugels.

Groenoog kwam op me aflopen en wou me vangen. En ik, ik vloog omhoog! Ik hield me toen heel stil tot ik Groenoog niet meer hoorde. Philomon vond me en bracht me hier.'

Het is doodstil in de grot. Niemand van de elfen spreekt ook maar één woord. Ik kan zien dat ze hard nadenken.

Dan vraagt een oude elf: 'Hoe zag die kei eruit Roel?'

'Gewoon denk ik. Ik heb 'm eigenlijk niet goed gezien. Het was donker. Hij voelde modderig aan. Aan een kant is hij plat. En aan de andere kant heeft hij een scherpe punt. Hij is helemaal niet zwaar. Het gekste is dat hij prettig aanvoelt. Kijk, ik heb hem in de zak van mijn pyjamabroek gestoken.'

Alle elfenogen kijken me vragend aan. Koortsig zoek ik mijn broekzak af. Hij is leeg. Er zit een gat in. En in mijn andere zak heb ik alleen de zaklamp.

'Hij is weg. Ik heb hem zeker verloren.'

Ik krijg een naar gevoel in mijn maag. Het voelt aan alsof ik het verprutst heb.

Daarom roep ik heel snel:

'Er zijn hier toch genoeg keien. Ik zoek wel een nieuwe.'

'Roel,' zegt hoofdelf Morrigon, 'door jouw verhaal hadden we weer een beetje hoop gekregen. Jammer genoeg is die hoop nu weer helemaal verdwenen.

Aan je beschrijving te horen, had jij de Lichtsteen gevonden.'

Morrigon staat op en vertrekt. Alle andere elfen lopen of vliegen naar de talloze huisjes. De deurtjes gaan dicht, de lichten uit. Nergens klinkt nog gezang of muziek. Even later is het doodstil in de grot.

'Eh... hallo, kan iemand me zeggen wat er aan de hand is?' Ik begrijp er niets van. Lichtsteen? Nooit van gehoord. 'Hallo, wat heb ik gedaan? Laat me niet alleen achter. Alsjeblieft?'

'Snel Roel, verstop je! Daar is Candonia!'

Als een bliksemschicht flitst Epona een rotsspleet binnen. Ze wenkt me om haar te volgen.

HOOFDSTUK 7:

Gevangen

'SSisssssssss, ssisssss, siss, lekker hapje. Blijf maar sssitten, sssss. In één hap sssslok ik je naar binnen, sissss.'

Een enorme reuzenslang glijdt gluiperig in mijn richting. Twee valse gele ogen kijken me schuin aan:

'Lusssst graag elfjessss. Vooral mensenelfjessss, isss veel eten aan.'

Ik voel me als versteend. Maar dan... denk ik er ineens aan. Ik kan toch vliegen. Mijn vleugels brengen me omhoog. Ze brengen me weg van het akelige slangenmonster. Hoger en hoger vlieg ik, tot helemaal boven.

'Auw!'

Mijn hoofd botst tegen de rotsen. Met een smak val ik naar beneden. Even weet ik niets meer. Als ik later mijn ogen half open doe, zie ik die gemene trol naast me staan:

'Candonia, stom kronkelding. Hij had dood kun-

nen zijn. Dan kan ik de Lichtsteen wel vergeten.
Hoor je me, misbaksel?'

Fluisterend glijdt Candonia weg. Groenoog is
zichtbaar ongerust.

'Kijk nou toch!' roept hij. 'Hij heeft nog altijd zijn
ogen dicht.'

Ik hoor een piepend geluid de grot binnenkomen.
Ik doe mijn ogen half open. Tussen mijn wimpers
door zie ik een grote koets. Ze wordt door vier vliegende muizen binnengevlogen. Twee elfen in een
zwarte livrei stappen uit. Ze hebben een draagbaar
bij zich. Ze leggen mij er bovenop en schuiven me
de koets in. Daarna klappen ze tweemaal met de
zweep. De muizen klemmen de koets vast tussen
hun poten en vliegen weer omhoog. Het is aarde-
donker in die koets. Ik voel dat we voorwaarts bewegen. Mijn keel voelt branderig. Bijna krijg ik geen
lucht meer. En dan ineens stopt de koets.

Wij zijn aangekomen in een heel donkere grot.
Eentje die stinkt naar schimmel en bederf. Ik word
een kleine ruimte binnengebracht, waar een zwarte
kaars brandt. Ik zie een bed staan en een nachtkastje. Tegen een andere muur staat een piepkleine
tafel met twee stoelen. Waar ben ik terechtgekomen? Ik weet dat ik niet meer in de grot van de lichtelfen ben. De elfen die naast me staan, zien er heel
anders uit. Zwarte pakjes, loodgrijze gezichten. En
erger nog, kille blikken.

'Welkom in Svartalheim, menselelf. Ik ben heer Pelegrin, leider van de Svartalfers.'

Ik moet denken aan het gesprek met Philomon. Hij vertelde me over de Svaltalfer-elfen. Boze, nare elfen. Dat weet ik nog. En zo zien ze er ook uit. Maar wat moeten ze van mij? Mijn benen trillen. Mijn keel voelt heel droog. Maar ik probeer om het niet te laten merken. Ik knik kort maar beleefd naar Pelegrin.

'Ik hoop dat alles hier naar wens is, Roel,' grijnst Pelegrin. 'Geniet er maar van. Zolang het nog kan natuurlijk.'

'Hoe bedoelt u?'

'Straks wil Groenoog met je praten. En heel eerlijk? Jij liever dan ik. Als ik jou was zou ik maar meewerken. Vertel hem waar de Lichtsteen is. Of beter nog, geef hem de Lichtsteen, en alles is opgelost.'

Pelegrin maakt een buiging en loopt met de andere elfen de kamer uit. Ik hoor hoe de deur op slot wordt gedraaid. Ik blijf alleen achter. Dan laat ik me op een stoel vallen.

HOOFDSTUK 8:

Het verhaal van de Lichtsteen

'Psst, pssst hier, hier ben ik Roel.'

'Wat?'

'Kijk onder de tafel.'

'Hoe kom jij daar Philomon?'

'Laten we het liever hebben over hoe jij hier komt,' zegt Philomon. 'Jongen toch is me dat een nare toestand. Die heer Pelegrin is geen leuke kerel, hoor.'

'Dat had ik al begrepen. Straks moet ik naar Groenoog. Pelegrin had het over de Lichtsteen. Maar hij heeft helemaal niet verteld wat dat precies is. Weet jij het Philomon?'

Philomon loopt naar de deur en luistert of alles veilig is. Philomon voelt aan als een vriend. Het is een kever, dat wel. Maar een kever met een groot hart.

'Goed dan,' fluistert Philomon. 'Bij je eerste ontmoeting met Groenoog in de grot heb je een kei opgeraapt om je te verdedigen. De Alfheim-elfen en ik zijn ervan overtuigd dat dit de Lichtsteen was. En Groenoog en de donkere elfen natuurlijk ook. Anders hadden ze niet zoveel moeite gedaan om je gevangen te nemen. Groenoog heeft de Lichtsteen bij jullie eerste ontmoeting van schrik laten vallen. Hij had hem gestolen. De Lichtsteen is al van oudsher eigendom van de lichtelfen. Normaal staat hij boven op een witte rots in Alfheim. Het is een bijzonder waardevolle diamant. Als het zonlicht erop schijnt, breekt hij dit licht in alle kleuren van de regenboog. Deze stralen zijn van levensbelang voor de lichtelfen. Omdat zij niet zonder dit levenslicht kunnen, zijn ze op zoek gegaan naar hun diamant. Zo zijn ze door Groenoog en de Svartalfers in de val gelokt. In dit geval onder de grond. Daarom zitten ze nu opgesloten en moeten ze alle zware karweien opknappen. Lang zal het niet meer duren, dan zijn er geen Alfheim-elfen meer. Dan gaan ze dood.'

'Dood?'

'Ja Roel! En dat hebben de lichtelfen niet verdiend. Ze hebben altijd en alleen maar goeds gebracht. In de wereld, aan mensen, dieren en natuur. Als zij doodgaan, overwint het kwaad.

Dan wint Groenoog.'

Even is het doodstil. Ik voel me koud en warm tegelijk worden. Onrecht, zoals bij mij thuis. Waarom moest papa ook weggaan? Ik voel me zo machteloos en boos tegelijk.

'Sstt!' Philomon legt een van zijn voelsprieten op zijn mond. Dan kijkt hij me aan met heel grote ogen. Ja, nu hoor ik het ook. Aan de andere kant van de deur klinkt gerommel. Ik krijg bezoek.

HOOFDSTUK 9:

Halfingfeet en Gleipnir

'Ah, jongeheer Roel! Je zult wel honger hebben zeker?'

Een heel dunne Svartalfer-elf stapt het kamertje binnen. Een valse lach speelt in zijn ogen.

'Ik heb het vooral erg koud,' ril ik.

'Daar heeft Pelegrin ook aan gedacht,' zegt de akelig uitziende elf. Hij klapt driemaal in zijn handen. Nog twee donkere elfen stappen het kamertje binnen. De ene heeft wat kleren over zijn arm. De andere draagt een kom met warm water.

'Kan de jongeheer zich wassen en omkleden.'

Mijn hoofd knikt. Maar ik denk: Als jullie opgehoepeld zijn.

Maar ze blijven gewoon staan. Ze houden hun staalgrijze handjes voor de mond en lachen me gewoon uit.

'Ik wil me liever wassen en omkleden zonder pottenkijkers,' grom ik.

'Wij wachten wel Roel. We hebben jouw natte kleren nodig. Nu!' zegt de dunste elf.

Het klinkt erg dreigend. Vlug ga ik achter een van de stoelen staan. Mijn natte pyjama ruil ik snel om voor de Svartalfer-kleren. Het is een droog pak, wel knalrood van kleur, maar dat maakt niet zoveel uit. Ik ga toch niet meedoen aan een schoonheidswedstrijd.

'Dank je,' zegt de dunste elf. En met de pyjama over zijn arm gaat hij met de andere mee naar buiten.

'Arme Roel.'

'Philomon! Waar was jij nou?'

Philomon schudt zijn kop.

'Arme Roel, wat een felrood pak. Het glanst zelfs. Zo wordt ontsnappen wel heel moeilijk.'

Ik haal mijn schouders op.

'Wil jij wat eten, Philomon?'

Philomon schudt weer zijn kop.

'Eet zelf wat, Roel. Je zult straks je krachten nodig hebben.'

Ik ga aan het tafeltje zitten en neem een paar happen.

'Wat willen ze met mijn pyjama, Philomon?'

'Ze willen kijken of jij de Lichtsteen hebt.'

'Die steen die ik had was een gewone vuile kei.'

'Denk je echt dat Groenoog zich boos zou maken over een gewone kei? Nee Roel. Door die ontmoeting met jou is Groenoog erg geschrokken.'

Ik schuif mijn bord weg. Ik heb al geen honger meer.

'Philomon, hebben de lichtelfen al een keertje geprobeerd om te ontsnappen?'

'Philomon?'

Ik neem de kaars van tafel en licht in alle hoeken van het kamertje. Philomon is nergens meer te bespeuren. Hoe kan dat nou? Nu is de enige vriend die ik hier heb ook nog weg. Ik ga dan maar op het bed liggen. Boven mij zie ik een pikzwart plafond. Ik denk aan mama en papa. Ik voel me opeens zo enorm alleen. Als papa mij nu kon zien. Zou hij me dan helpen? Mijn ogen worden zwaar. Ik moet opletten. Ik mag niet in slaap vallen. Anders gaan ze missssscch….

Opeens schrik ik wakker. Er staat een Svartalfer naast mijn bed. Vals kijkt hij me aan. Zijn ogen glanzen in zijn donker gelaat. Ik meen een spottende lach te zien. Ik voel me heel bang. Wat zijn dit toch voor akelige kereltjes?

'Goedemorgen, heer Roel. Eet smakelijk!'

Met een smak slaat de deur achter hem dicht. Nu ben ik pas goed wakker. Ik kijk een beetje verdwaasd om me heen. Waar ben ik? Wat is er gebeurd? Dan weet ik het weer. De Svartalfer-elfen hebben me gevangen genomen en opgesloten. Maar wat nog veel erger is, mijn enige vriend Philomon is verdwenen. Zomaar, zonder iets te zeggen.

De geur van versgebakken koek en brood zweeft

mijn neusgaten binnen. Hoe laat zou het zijn? Het is hier aldoor pikkedonker. Voorzichtig schuif ik het gordijn voor het piepkleine raampje weg. Maar ook daar, niets dan donkerte. Nu heb ik er genoeg van. Ik zal er zelf eens voor zorgen dat ik hier uit kom. Ik voel me net Spiderman en pak de knop van de deur vast. Ik zal die Svartalfers eens iets gaan vertellen!

Op het moment dat ik aan de knop draai, roept een luide stem:

'Wachtwoord?'

'Barst!'

'Fout wachtwoord. U hebt nog twee kansen.'

'Groenoog!'

'Fout wachtwoord. Laatste kans!'

'Lichtsteen.'

Nu krijg ik geen antwoord meer. Ook niet het juiste wachtwoord, denk ik.

Ik voel mijn hoofd tollen. Net of ik gek word...

'Het lijkt hier wel een spookhuis,' mompel ik. Zonder honger steek ik een stuk koek in mijn mond. Ik weet niet eens of ik het lekker vind. Ik voel me helemaal niet stoer meer. Wat doe ik hier eigenlijk? En wat willen ze van mij? Ik heb geen idee wat ik moet zeggen als Groenoog me ondervraagt. Het enige wat ik weet, is dat ze allemaal op zoek zijn naar de Lichtsteen. En dat iedereen denkt dat ik die heb. Maar waar is hij dan? Ik weet het niet meer. Eigenlijk weet ik niets meer. Moedeloos laat ik mijn hoofd zakken.

'Was ik maar niet alleen.'

'Je bent niet alleen.'

'Philomon! Ik dacht dat je me vergeten was. Wat moet ik doen? Heb jij een plan? Wat gaat er met me gebeuren? Gaan ze me pijn doen? Hoe kom ik hieruit, Philomon? Ik wil terug naar mijn ouders, ik… mis hen zo erg!'

'Ssst!' zegt Philomon. 'Rustig blijven! We moeten een plan bedenken. Een goed sluitend plan, om jou te helpen ontsnappen. We hebben tot vanmiddag de tijd. Groenoog is naar Goedewangen om inkopen te doen. Vanavond vieren de Svartalfers een grote gebeurtenis. Het is precies zes maanden geleden dat ze de lichtelfen in hun macht kregen.'

'Maar niet de Lichtsteen?'

'Juist,' zegt Philomon. 'Ik denk dat ze jou vanavond daarover willen spreken. Ik heb gehoord dat de grote baas van Svartalheim ook komt.'

'Heer Pelegrin?'

'Nee, Roel! De grote kobold en tovenaar Halfingfeet.'

'Halfingfeet?'

'Ja! Zo wordt hij sedert zijn ongeluk genoemd. Sindsdien beweegt hij zich hinkend op zijn linkervoet voort. Zo lijkt het net alsof hij maar één voet heeft. Hij is degene die koste wat het kost de Lichtsteen wil bemachtigen. Daarmee kan hij zijn ketting Gleipnir versterken en versieren.'

'Gleipnir?'

'Ja, dat is een heel speciale ketting. Ze is zo sterk, dat geen menselijke kracht groot genoeg is om de schakels van het sieraad te breken. Hoe de ketting juist is gemaakt, weet niemand. Wel staat vast dat hij het bezit was van machtiger wezens dan trollen of kobolds.'

Philomon gaat over op een fluistertoon: 'Men spreekt weleens van goden.'

'En die halfvoetige tovenaar heeft die ketting?'

'Halfingfeet, Roel.'

Ik schop geërgerd tegen wat losse rotsschilfers.

'Wat heeft die ketting met de Lichtsteen te maken?'

'Met de Lichtsteen erbij wordt de ketting nog krachtiger. Daarbij is Halfingfeet een echte kobold. Hij draagt met edelstenen gesierde kleding en overdadig veel juwelen. Hij moet en zal de Lichtsteen bemachtigen om hem op Gleipnir te bevestigen.'

'Ook al worden de lichtelfen daardoor ziek?'

'Ja, hij wil de Lichtsteen. Ook al kost dat de lichtelfen het leven. Hij heeft de Svartalfers alleenheerschappij beloofd. Maar dan moeten ze hem wel helpen om de Lichtsteen te bemachtigen.'

'Maar wat heb ik hiermee te maken Philomon?'

'Jij Roel, jij hebt de Lichtsteen gevonden. Of liever gezegd, de Lichtsteen heeft zich door jou laten vinden. Daarmee heeft hij jou uitgekozen om de lichtelfen te helpen. Je moet proberen te ontsnappen, Roel. Ze zullen het niet lang meer volhouden. Al hun hoop is nu op jou gericht. Je bent slim, maar je bent vooral gezond en sterk. Dat kun je van de Alfheim-elfen niet meer zeggen. De Lichtsteen vergist zich nooit in zijn keuze. De redder van de elfen, dus jij Roel, zal de Lichtsteen terugplaatsen op de witte rots.'

'Goh... is dat alles?'

Mijn mond valt open van verbazing.

'De lichtelfen zullen sterven Roel. Alleen de Lichtsteen kan hun energie weer tot leven wekken.' Philomon richt zich op.

'Nu moet ik gaan. Ik ga proberen te weten te komen wat het wachtwoord is. Denk goed na, Roel.'

'Philomon, wacht!'

Maar de kever is al weg.

HOOFDSTUK 10:

Een vreemd bouwsel

Buiten hoor ik drukke geluiden en kijk door het raam. Er is veel licht! Dat kan toch niet. Maar dan zie ik honderden zwarte kaarsen die een groot plein verlichten. In het midden staat een podium. Eromheen platte rotsstenen met een opstaande rand. Het lijken wel stoelen. Wat mij opvalt is dat één van die rotsstenen duidelijk veel hoger is en de vorm heeft van een troon. Een twintigtal elfen schikken een zwarte glanzende doek erover. Op de hoofdsteun bevestigen ze een gouden kroon. De felgekleurde linten die ze gebruiken glinsteren in het vlammenschijnsel. Eigenlijk schittert het overal. Duizenden blinkende steentjes pinken als sterren in de nacht. Zijn dat allemaal diamanten? Onvoorstelbaar.

Maar dan trekt het podium mijn aandacht. Wat wordt daar gebouwd? Het heeft veel weg van een draaimolen, of een wiel. Het is niet zo duidelijk, maar eigenlijk lijkt het nog het meest op een reuzenrad. Ja, dat is het, zo'n groot draaiding dat meestal op de kermis staat. En als je stoeltje bovenkomt, kun je over het hele dorp kijken. Toch is dit reuzenrad anders. Er hangt maar één stoeltje aan.

'Aha jongeheer Roel, nieuwsgierig?'

Met een ruk draai ik me om. Vlak achter me staat Pelegrin.

'Wat… eh… wat bouwen ze daar?'

'Dat, jongeheer, is een reuzenrad. Speciaal voor jou.'

'Voor mij?'

'Voor jou, om het lekker warm te krijgen. Tenzij je nu zegt waar de Lichtsteen is.'

'Maar ik heb die steen niet! Misschien heb ik hem verloren. Jullie hebben mijn pyjama toch? En daar zat die kei blijkbaar niet in.'

'Juist,' antwoordt Pelegrin. 'Dan wordt het toch het rad. Het zal je tong wel losmaken.'

'Tong? Gaan jullie iets doen met mijn tong?'

'Nee hoor,' grijnst Pelegrin vals. 'We gaan iets doen met je voeten!'

Ik kan me niet meer beheersen en gooi mijn bord met eten door de lucht. Het vliegt rakelings langs het hoofd van Pelegrin, die zich nog net op tijd bukt. Woedend loopt hij de kamer uit.

'Straks zing je wel een toontje lager, mislukte elf.'

Met een harde klap slaat hij de deur achter zich dicht.

'Volgende keer beter mikken, Roel.'

Philomon zit op één van de stoelen bij de tafel.

Het dwarrelt in mijn hoofd.

'Ga jij me nu eindelijk uitleggen wat dit alles te betekenen heeft! Wat is de bedoeling van dat reuzenrad. Is dat voor mij? Wat gaan ze met me doen?'

'Sssttt!' Philomon drukt met zijn rechtervoorpoot zachtjes op mijn arm en gebaart dat ik stil moet zijn.

'Straks weten ze dat er iemand bij je is. Laten we liever een plan bedenken, zodat je niet op het vuurrad terechtkomt.'

Hevig geschrokken roep ik veel te luid:

'Vuurrad? Bedoel je...?'

De deur zwaait open. Pelegrin kijkt met een argwanende blik de kamer rond.

'Heeft de jongeheer iets nodig? Praat de jongeheer altijd in zichzelf? Is de jongeheer ziek?'

Ik voel me ellendig, maar vooral boos. Ik schreeuw bijna de longen uit mijn lijf.

'Ja! Heb je er iets op tegen? Ik praat altijd tegen mezelf. Zo ben ik nu eenmaal! Als dat ook al niet meer mag!'

Ik hijg en hap naar lucht en voel mezelf rood

worden. Mijn benen trillen. En mijn schreeuwen wil niet stoppen.

'Ik heb ook nog een beker. Deze keer gooi ik wel raak, hoor!'

Ik grijp de beker en hef mijn arm. Ik knijp één oog dicht en…

'Jongeheer Roel,' zegt Pelegrin, 'misschien wil je even alleen gelaten worden?'

Hij springt haastig de kamer uit en de beker slaat met een klap tegen de dichte deur.

'Die is gek geworden!' hoor ik hem nog roepen.

HOOFDSTUK 11:

Kreikel, deikel, dokel, doets

'Roel, help!'

'Waar zit je?'

'Onder de deken. Ik weet niet meer hoe ik er onderuit moet komen. Ik stik hier zowat.'

Ik gooi de deken opzij. Philomon kruipt zwaar ademend naar boven.

'Wat een temperament Roel. En was het raak?'

'Ga jij me nou vertellen wat dat rad buiten is? Of moet ik ook nog boos worden op jou?'

'Boos worden heeft geen zin. Boos worden heeft nooit zin.'

Ik voel hoe mijn wangen gloeien. Het is alsof ik hoge koorts heb.

Philomon fluistert: 'Dat is een waarheidsrad.'

'Een wat?'

'Een waarheidsrad. Je wordt met je blote voeten in het stoeltje vastgeketend. Dan draaien ze het rad langzaam rond.'

'Klinkt leuk!'

'Onder aan het rad staat een bak met brandende kolen.'

Het is alsof mijn keel wordt dichtgeknepen.

'En dan?'

'Het rad wordt steeds verder rondgedraaid. Zo kom je dichter en dichter bij de bak met kolen. En als je niet zegt wat ze willen horen...'

'Verschrikkelijk! Dan verbrand ik. Ik moet hier weg Philomon! Maar hoe? Het raampje is te klein. De deur is op slot. En het wachtwoord weet ik ook niet.'

'Maar ik wel.'

Als een geschrokken konijn spring ik op van het bed. Waar komt die elf ineens vandaan? En hoeveel heeft hij gehoord?

De elf kijkt grinnikend in mijn richting.

'Is het zo goed gelukt, Philomon?' lacht hij.

'Wat gelukt?'

'Mijn vermomming! Kijk eens goed, Roel,' lacht de donkere elf.

'Morri... Morridor?'

'Jawel, in hoogsteigen persoon. Maar mijn naam is Morrigon. Weet je het nog?'

Nu weet ik het weer. Het bolle ventje op zijn te dunne benen. De leider van de lichtelfen draagt een pikzwart pak. Het is een haarfijne kopie van de Svartalfer pakjes. Het gezicht en de handen van Morrigon zijn loodgrijs. De woorden blijven in mijn keel steken.

'Ja, ik ben het echt,' grijnst Morrigon.

'Sstt!' Philomon maant ons om stil te zijn. Dan kruipt hij naar het raam en schuift het gordijn opzij.

'Kom maar, het is veilig!'

Een tel later verschijnen er nog twee elfen die er net zo uitzien als de Svartalfers.

'Hoi, ken je mij nog? Ik ben Epona en dit is mijn zusje Gemma,' zegt een van de twee. Ik weet niet wat mij het meeste verbaast. De lichtelfen vermomd als Svartalfers? Of het feit dat ze er zomaar ineens zijn?

'Hoe komen jullie binnen?'

'Ssstt!' fluistert Philomon.'Dat is de hogere magie van de lichtelfen. Een erg ingewikkeld ritueel en zelfs heel gevaarlijk voor niet-elfen. Jij moet gewoon door de deur naar buiten, Roel. Kom, aan het werk.'

'Wat een mooi pak, Roel!' giechelt Epona.

'Wil je ruilen?'

Ik vind het heel vervelend dat Epona mij zo ziet.

'Kijk Roel, voor jou hebben we ook een zwart pak.'

De elfenmeisjes draaien zich gniffelend naar de muur. Zo kan ik me omkleden.

'Alles klaar?' vraagt Philomon.

'Nee! Mijn gezicht is nog wit.'

'Ook dat ben ik niet vergeten,' zegt Morrigon. Hij haalt een buideltje uit zijn broekzak en strooit er een donkergrijs poeder uit. Hij veegt het goedje door elkaar. Met dit spul smeert hij mijn gezicht onder.

'Nu zie jij er ook uit als een Svartalfer. Luister goed, Roel.' Morrigon gebaart dat ik dichterbij moet komen.

'Ik ga je het wachtwoord vertellen. Let op en onthoud het goed. Ook al klinkt het heel vreemd.'

'Kreikel deikel dokel doets.'

'Kreikel deikel dokus... wat?'

'Dokel doets, Roel. Je moet het echt goed onthouden. Het is voor jou de enige manier om hier uit te komen.'

'Kreikel... deikel... dokel doets.'

Ik moet die rare spreuk nog heel wat keren herhalen voor ik hem foutloos kan opzeggen.

Morrigon haalt uit zijn linkermouw een stuk oud perkament. Hij spreidt het open op de tafel. Dan wijst hij met zijn vinger op een donkere vlek. 'Wij zijn hier. Als je straks buiten komt sla je meteen linksaf. Dan loop je verder tot je op een dwarse muur stoot.

Hier zoek je een stuk uitstekende rots met een wit kruis. Daar klop je dan driemaal kort en zacht op met je knokkels en meteen daarna nog tweemaal hard met je vlakke hand. Tel dan langzaam tot vijf en je ziet een kleine poort openschuiven. Kruip deze poort door. Schuifel dan voetje voor voetje voorwaarts totdat je weer uitkomt bij een muur. Hier tel je twintig passen naar rechts, drie naar achter en dan twee naar links. Goed tellen, hoor! Daar moeten we allemaal samenkomen.'

We oefenen alles nog een paar keren. Dan lopen we naar de deur. Philomon legt zijn kop ertegen om te horen of alles veilig is. Hij geeft een teken. Maar ik heb weer eens geen geduld. Zonder na te denken, grijp ik de deurknop vast en draai hem nerveus heen en weer. Een luide stem galmt door het kamertje:

'Wachtwoord?'

'Barst!'

'Fout! U hebt nog twee kansen.'

'Kreikel deikel dokel doets,' roep ik snel.

De deur draait open en samen met de anderen haast ik me het kamertje uit.

HOOFDSTUK 12:

Ontsnapt

We staan in een gang die steil naar beneden loopt. Aan de wanden branden fakkels. De grond is vol met kuilen, spleten en rotsbrokken. Dat maakt het lopen aardig moeilijk. Toch proberen we allemaal om zo stil mogelijk verder te stappen.

Ik hoop maar dat we niemand tegenkomen. Het liefst van al wil ik rennen. Ik voel me zo onrustig. De gang naar de dwarsmuur lijkt eindeloos. Opeens pakt er iets of iemand mij vast. In één tel lijkt mijn hart te bevriezen. Een echte Svartalfer-elf kijkt me grijnzend aan.

'Zo ventje, jij probeert ertussenuit te knijpen? Jij denkt dat je niet hoeft te werken? Een beetje lui, hè...'

'Eh...'

Ik bijt hard op mijn wang. Gewoon omdat ik niet weet wat ik mag zeggen.

'Niks lui.'

Morrigon heeft een platte kei in zijn hand en geeft

de Svartalfer een flinke tik op zijn hoofd. 'Slaap lekker.' Dan kijkt hij me aan.

'Kom Roel, we moeten ervandoor.'

Samen rennen we gang af achter de anderen aan. Eindelijk zien we een heel zwak lichtje, een vlammetje. Van een kaars op... de dwarsmuur! Ik ben zo blij dat ik zelfs de grillige schaduwen op de rotswanden niet eens griezelig vind.

Morrigon heeft de kaars uit de houder genomen. Hij speurt de muur af op zoek naar het uitstekende stuk rots met het witte kruis. Morrigon is een echte leider. Iemand die heel moedig is. Gewoon een stoere elf waar je op kunt bouwen.

'Hier Morrigon, hier!' roep ik. Ik bal mijn handen tot vuisten.

'Driemaal kort en zacht met de knokkels.'

Dan open ik mijn handen.

'Tweemaal hard met de handpalm. En nu vijf tellen wachten.'

Een laag poortje draait knarsend open.

'Dat wordt kruipen,' zeg ik. 'De gang is heel smal en laag.'

'Ga jij maar voor,' zegt Morrigon. Dan:

'Oh nee! De kaars is uit!'

Er zit niets anders op dan tastend verder te kruipen. Het is pikdonker. Even later voel ik dat we in een grotere ruimte pal tegen een muur botsen.

'Morrigon, we zijn er!'

'Ja,' fluistert Morrigon, 'nu nog het juiste aantal passen. Let wel op dat je juist telt. Dat is van heel groot belang.'

Wat ben ik blij dat ik niet alleen ben. Zo snel als ik kan tel ik: 'Twintig passen naar rechts. Drie naar achter en dan twee naar links.'

Met mijn handen tast en zoek ik in het duister. Ik voel iets zachts, iets warm? In elk geval voelt het heel aangenaam. Maar toch schrik ik. Haastig trek ik mijn hand terug.

Epona fluistert:

'Dat ben ik.'

Gelukkig kan Epona me niet zien in het donker. Ze zou dadelijk merken dat mijn wangen rood gloeiend zijn. Tjonge, wat heb ik toch? Ik tril helemaal.

'Zijn we allemaal hier?'

'Ja,' zeg ik. Maar ik ben wel een beetje in de war.

'Luister,' zegt Philomon, 'zien jullie ginder dat kleine lichtpuntje? Daar moeten we zijn. Laten we proberen om zo veel mogelijk bij elkaar te blijven. Samen zijn we sterker.'

Die goeie Philomon. Steeds ernstig. Altijd bij de pinken. Ik hoop dat ik ooit zo moedig word als mijn goede vriend.

De gang is lang en grillig. Soms is hij hoog genoeg om in te staan. Dan weer zo laag, dat we moeten kruipen. Overal is het vochtig en op sommige plaatsen zelfs kletsnat. Regelmatig gutst er heel wat water naar beneden. Ik veeg de druppels van mijn gezicht en vraag me af, of het bij de anderen ook in hun ogen loopt. Ik krijg het gevoel dat ik al uren door die gang kruip. Ik ben doodmoe en weet zeker dat de anderen dat ook zijn. Ik ril van mijn hoofd tot aan mijn voeten. Maar als ik nu al moe ben, zal het mij dan ooit lukken om de elfen te helpen? Zou ik genoeg lef hebben? Zoveel moed als Morrigon? En erger nog, hoe leid ik zo een ontsnapping? Ik voel me best onrustig als ik hieraan denk. Zal mijn durf groot genoeg zijn?

'Sst! Luister,' fluistert Morrigon.

Even houd ik me helemaal stil. Dan hoor ik pratende elfen. Een op en neer deinend lichtje komt onze kant op. Ik maak me zorgen. Zijn het de goede of de slechte elfen?

'Omhoog tegen het plafond!' fluistert Philomon. 'Snel!'

Net op tijd, want daar komen de elfen al. Het zijn twee Svartalfers, die blijkbaar een glaasje te veel op hebben.

'Hier!' fluistert Philomon.

Ik kruip naar mijn vriend toe. Daar blijkt een holte in het plafond te zijn. We passen er net in. Maar de twee aangeschoten Svartalfers hebben iets gehoord. Een van hen roept:

'Wie daar? Laat je zien of wij skiet!' Waarop de ander lalt:

'Jij skiet met watte? Jouw ffff… finger?'

Luidkeels lachend en elkaar op de schouders kloppend lopen ze verder.

'Pff.'

Met mijn hand veeg ik de angst van mijn voorhoofd weg. Hebben wij geluk! Net als ik dit aan Philomon wil vertellen hoor ik weer stappen. Deze keer snelle voetstappen. Een horde luid tierende elfen komt vanuit een andere richting aangehold.

'Houd hem tegen! Houd hem tegen! Hij is ontsnapt!'

De twee aangeschoten elfen zijn opeens een stuk helderder:

'Ontsnapt, ontsnapt! Wie is er ontsnapt?'

'Groenoog zet jullie op het rad als je niet zorgt dat die menself terugkomt. Hebben jullie iets gezien?' klinkt een bekende stem.

Het is Pelegrin.

'Gezien, nee maar hier… hierboven! Daar hoorden we iets.'

Philomon kijkt ons aan en legt een van zijn voelsprieten voor zijn mond. Dan kruipt hij uit de schuilplaats.

'Zie je,' roept een van de dronken elfen, 'daar! Een zwart beessie. Een dikke vlieg, eh… of een dikke kever?'

'Kever!' roept de andere dronken elf. 'Heb jij een mensenelf gezien?'

'Wat moet ik me daarbij voorstellen?' gromt Philomon. 'Wat is dat, een mensenelf?'

'Laat die kever toch met rust. Stommeriken!' brult Pelegrin.

'Help me liever zoeken of er zal straks wat zwaaien. Alles is al klaar voor vanavond. Als Halfingfeet dit hoort... Of Groenoog... Terug naar je post! Laat niemand de uitgang passeren, horen jullie mij! Zatlappen!'

'Pardon Pelegrin, mijnheren zatlappen zul je bedoelen.'

Maar Pelegrin is blijkbaar verder gegaan. Er komt geen antwoord meer. Zelfs het gelal en gegrinnik van de twee wachters zwakt af.

'Psst,' fluistert Philomon.

Morrigon kijkt de tunnel in en geeft ons een teken. Een voor een fladderen we zachtjes naar beneden. Onze vleugels zijn plakkerig van al het vocht. Het fladderen van Epona en mezelf lijkt meer op neervallen dan op vliegen. Op de grond rollen we dan ook tegen elkaar.

'Pas op voor die lantaarn!' zegt Gemma.

'Die hebben de Svartalfers net zo handig achtergelaten.'

'Sorry,' zeg ik blozend. Hopelijk heeft niemand het gezien.

'Geeft niet,' fluistert Epona.

Gemma giechelt.

'Nu moeten we langs die twee zatte Svartalfers, die op wacht staan,' bromt Philomon.

'Laten we voortmaken.'

Het is weer doodstil in de tunnel. Je hoort enkel het getik van de vallende druppels.

'Zeg Philomon, heb jij eigenlijk een plan?' verbreekt Morrigon de stilte.

'Ja en nee,' antwoordt Philomon. 'Stop even.'

Met bonzend hart druk ik me tegen de tunnelwand. Wat nu weer...? Philomon slaat een hoek om. Er is niets meer van hem te horen of te zien. Dan horen we in de verte zijn stem.

'Is het hommelbier al op? Hebben jullie nog meer nodig?'

Met zijn allen kruipen we in de richting van het geluid. En daar staat onze dappere Philomon. Met een glimlach op zijn keversnoet. Met zijn voelsprieten wijst hij in de richting van de twee dronken Svartalfers, die onderuitgezakt zitten te slapen.

Onopgemerkt lopen we voorbij de wachters. Wat een slappe bewaking. Ik voel me heel opgelucht.

HOOFDSTUK 13:

In de kast

We gaan verder. Ik sluit de rij. Allerlei rare ideeën spoken door mijn hoofd. Hoe moet ik, als kleine jongen dit allemaal tot een goed einde brengen? Epona is naast me komen lopen en neemt zachtjes mijn hand. Ik wil weg en ik wil blijven. Maar dat gaat niet tegelijkertijd. Daarom schuif ik onwennig heen en weer. Maar het raarste is, dat mijn mond niet wil stoppen met glimlachen. En ik voel een heleboel vlinders en kriebels in mijn buik. Dit mag voor mij best een eeuwigheid duren. Dit gevoel wil ik wel voor altijd vasthouden. Even later kom ik met een schok weer in de werkelijkheid als ik twee lichtelfen zie. Ze staan ons een beetje verder op te wachten.

'Dat zijn Primula en Herne,' fluistert Epona, als de twee elfen ons met een kort knikje begroeten. Ze wenken ons om mee te komen naar een van de elfenwoningen. Met een diepe zucht laat ik me op een stoel vallen.

'Nee Roel,' zegt Primula, 'het spijt me. Er is geen tijd om te rusten. Je kunt je alleen even opfrissen. Je krijgt droge kleren, een beetje te eten en dan moet je weer verder.'

'Wat? Dat meen je niet. Philomon?'

Ik kijk naar mijn kevervriend. Deze schudt medelijdend zijn zwarte kop.

'Denk je nu echt dat Groenoog het hierbij zal laten? Die zal heus wel raden dat jij hier bij de lichtelfen bent. Hij zal niet rusten voor hij jou weer in zijn macht heeft. Ik zou maar voortmaken als ik jou was. Geloof me, mijn voelsprieten kriebelen al. Het zal niet lang meer duren of Groenoog is hier met zijn trawanten.'

Philomon is nog maar net klaar met spreken of van het elfenplein klinkt gegil en geschreeuw.

'Vlug!'

Herne en Primula schuiven een kast opzij en duiken in een kleine holte erachter.

'Kom Roel!' roept Primula. 'Opschieten.'

Dan wordt de kast van binnenuit teruggeschoven.

'Net op tijd,' zucht Herne. 'Nu maar wachten tot het weer veilig is. Hier.' Hij haalt iets uit zijn jasje en geeft het aan mij. Een stukje elfenbrood. Op dit moment vind ik dit het aller-lekkerste wat ik ooit gegeten heb. Mijn gedachten draaien op volle toeren. Hoe zou ik de elfen kunnen helpen? Waar vind ik die Lichtsteen? Wist ik maar waar ik moet beginnen met zoeken!

'Dat is het! Wat dom! Ik moet gewoon terug naar de plek waar ik Philomon heb ontmoet. Als ik de Lichtsteen had, dan heb ik hem vast daar verloren.'

Herne kijkt me verbaasd aan:

'Weet je dan nog waar je Philomon hebt ontmoet? Er zijn hier zoveel grotspleten, gangen en zijgangen. Welke was het? En ook al vind je die plek... Je kunt de Lichtsteen toch overal verloren hebben?'

Ik haal mijn schouders op. 'Misschien weet Philomon het?'

Herne knikt zwijgend. Ik voel me loom worden en kan mijn ogen niet meer openhouden.

Opeens schrik ik wakker. De kast wordt weggeschoven. Hebben ze ons gevonden?

Verschrikt spring ik overeind.

'Huh, wat?'

'Het ben ik maar Roel,' lacht Philomon. 'Heb je mij geroepen?'

'N... niet dat ik weet.'

'Wel jij weet het misschien nog niet. Maar je hoeft maar even aan mij te denken en ik kom eraan.'

'J... ja, ik zei tegen Herne... ik bedoel... ' Mijn stem klinkt schor, alsof ik een half jaar niet gepraat heb.

'Misschien zou het handig zijn als jij me naar die

plaats brengt, waar ik je voor het eerst heb ontmoet, Philomon. Misschien ligt daar de Lichtsteen wel'

'Die plek weet ik wel te vinden,' lacht Philomon. 'Toevallig woon ik daar. Het heet de Kruipwegsteeg. Maar verwacht er niet teveel van. Ik heb er zelf al rondgeneusd en niets gevonden. We kunnen het beste wachten tot Groenoog weer weg is. Hij lijkt wel bezeten, zoals hij op zoek is naar jou, Roel. Groenoog heeft een tiental Alfheimers gevangen genomen en in kooien gestopt. Maar eerst heeft hij ze grondig ondervraagd. Gelukkig heeft niemand iets losgelaten. Ze weten immers ook niet waar je bent. Kom, slaap nog wat.'

Ik probeer een beetje comfortabel te liggen. Ook wil ik weer in die droom komen, die ik zo abrupt moest afbreken. Maar het lukt me niet. Herne snurkt als een versleten koffiemolen. En ik, ik ben gelukkig als even later de kast wordt weggeschoven. Epona staat in de opening. Met een knipoog lacht ze me toe.

'Goed nieuws! Groenoog is weg. De grot is weer veilig.'

HOOFDSTUK 14:

De Kruipwegsteeg

Niemand zegt iets. Ik vraag me af, hoelang het nog lopen is naar de Kruipwegsteeg.

Epona loopt dicht naast me en dat voelt goed. Ook omdat ik weet dat ik er niet alleen voor sta. Iedereen is onrustig en kijkt vol spanning in het rond.

'Daar is het!'

Philomon wijst met zijn linkervoelspriet een hooggelegen gang aan.

'Wat hoog, Philomon! Ben ik daar langsgekomen?'

'Je vergeet dat je kunt vliegen, Roel.'

'Och ja, is waar ook.' Meteen spreid ik mijn vleugels en vlieg naar boven. De anderen volgen me en verlichten de gang in de rotsen. Een gang die meer weg heeft van een kruipgat.

Eenmaal binnen moeten we op handen en knieën verder. Zo kan ik de vloer zorgvuldig aftasten. Het ligt hier vol met keien: bolle, platte, ronde... Maar de steen die ik zo graag zou vinden ligt er niet tussen. Elke steen die er een beetje op lijkt raap ik op en draai hem rond in mijn handen. Ik krab met mijn nagels het vuil weg. Gewoon om te zien of hij glinstert.

'Dit gaat nooit werken.' Ik ben zo moe. Het liefst wil ik naar bed. Maar als ik naar mijn nieuwe vrienden kijk, bijt ik bijna mijn lippen stuk. Ik kan het beeld van die elfen in kooien maar niet kwijtraken. Ik moet en zal die steen vinden. Ik wil het niet op mijn geweten hebben dat de lichtelfen uitdoven of sterven.

'Wat nu?' fluistert Epona, als ze ziet dat we aan het einde van de Kruipwegsteeg zijn.

Ik ga even zitten om te rusten. Om heel eerlijk te zijn, heb ik het al opgegeven. Maar dan zie ik al die droeve gezichten. Ik veeg nog een laatste keer door de loszittende keien. Gewoon zomaar voor de schijn. Maar:

'Niets. Het spijt me Philomon! Echt waar! Er liggen hier ook zoveel stenen.'

Philomon kijkt me teder en begrijpend aan.

'Kom, we gaan terug.' Moedeloos kruipen we één voor één de Kruipwegsteeg weer binnen.

Verdorie! Ik moet... denk ik.

Oeps! Ik stoot mijn knie. 'Au! Is me dat scherp jongens. Pijn dat het doet!'

'Epona! Licht eens bij,' roept Herne.

Mijn knie is gekwetst door een scherpe kei. Ik pak de steen op. Mijn hart begint opeens te bonzen. De kei is dik en heeft een platte bovenkant. Ik voel mijn bloed sneller stromen. Ik veeg met mijn mouw over het platte bovenvlak. Ik wrijf hard, heel hard alsof mijn leven ervan afhangt.

Alle elfen kijken me hoopvol aan. Een lichte glinstering laat zich door het vuil zien.

'Ddddat is ddde steen, Rrroel,' stottert Morrigon. 'Je hebt hem gevonden. Je hebt de Lichtsteen. We krijgen ons leven terug.'

Wat kijkt Morrigon gelukkig. Ik voel me een echte held. Als papa mij nu eens kon zien. Zou hij dan trots zijn op zijn zoon?

Iedereen staart naar de diamant. Philomon zegt met tranen in zijn ogen:

'Zie je wel Roel! Ik wist dat je het in je had.'

Morrigon vouwt een jutezak open. Heel voorzichtig rol ik de steen erin. Een diepe zucht stijgt op in de Kruipwegsteeg. Maar deze keer is het er een van opluchting.

HOOFDSTUK 15:

Het kistje

Het is griezelig stil in de grot van de lichtelfen. Af en toe hoor je een gesmoord gesnik. Dit komt uit de reuzenvogelkooien op het plein. De gevangen elfen zijn totaal uitgeblust. Er zit zelfs geen vonkje gloed meer in hun vleugels. Vlak onder de kooien patrouilleren Svartalfers. Ik voel me machteloos. Maar vooral eindeloos verdrietig.

Philomon fluistert:

'Roel, Groenoog is weer terug. Jij mag hier niet blijven. Neem jij alsjeblieft de Lichtsteen mee?'

'Wij hebben geen schuilplaats meer,' fluistert Epona. 'Groenoog heeft nu natuurlijk overal bewakers opgesteld.'

'Misschien kan ik beter hier blijven? De beste plaats om je te verstoppen is in de menigte. Misschien denken ze zelfs dat ik op de vlucht ben?' fluister ik terug.

'Ik denk het niet. Groenoog heeft toverkracht... vergeet dat niet!' zucht Morrigon. Toch knikt hij:

'Goed, er is geen ander plan. Jij blijft hier, maar wel weer in de ruimte achter de kast.'

Het lukt ons om uit het zicht van de vele Svartalfers te blijven. We komen zonder hindernissen veilig aan in het huisje van Herne en Primula. Ze schuiven meteen de kast opzij. Philomon tikt op mijn schouder.

'Dag Roel, houd je goed.'

'Wat? Ga je niet mee?'

'Nee,' antwoordt Philomon, 'ik wil samen met Morrigon de steen veilig opbergen.'

Ik voel heel even een sterke drang om met Philomon mee te gaan. Maar als ik in de geheime ruimte kijk, zie ik heuse matrassen en dekens liggen. En deze maken dat ik snel overtuigd ben om hier te blijven.

'Kun je wel slapen Roel?' vraagt Epona. 'Ben je niet bang?'

'Nee hoor.' Ik ben eigenlijk veel te moe om bang te zijn.

'Niet lang meer elfjes,' mompel ik, 'niet lang meer.'

Ik heb bijna niet geslapen, als ik weer wakker schrik. Naast me zitten Herne, Epona en Gemma. Philomon en Morrigon zijn ook weer terug. Herne gebaart dat ik stil moet zijn. Ik hoor een akelig gegil. Het snijdt door merg en been. Groenoog…?

En dan voel ik ineens geen angst meer. Alleen maar woede. Het is alsof mijn bloed kookt. Wat denkt die trol wel? Als ik toverkracht had dan zou ik! Dan zou ik hem!

Ik sta op en druk me tegen de koude rotswand aan.

'Au! Wat nu weer!'

'Roel houd je stil,' fluistert Philomon. 'Straks horen ze ons!'

Philomon heeft gelijk. Maar toch wil ik weten wat er zo prikte in mijn rug. Het blijkt een rotspunt te zijn. Een venijnige punt, die scherp naar buiten steekt. Ik strek mijn hand uit en voel dat hij een beetje los zit. Nerveus wrik ik hem heen en weer. Misschien krijg ik dat scherpe stuk er wel uit?

'Wat doe je toch, Roel?' vraagt Epona. Ik ben te ingespannen bezig om haar te antwoorden.

Het is net alsof... Zie je wel!

Het stuk steen komt steeds meer naar voren.

En dan horen we opeens een enorm kabaal. Angstig kijken we naar de opening. We horen meubels schuiven en geschreeuw. Groenoog is binnen!

'Kom,' fluistert Herne, 'we kruipen verder de gang in. Zo kan Groenoog ons niet vinden. En voor hem is het daar veel te smal.'

Iedereen kruipt weg! Maar ik moet en zal die steen eruit krijgen. Bijna! Nog één korte ruk... Ja! De steen is los. Erachter zit een gat! Een groot gat.

'Roel!'

Epona is teruggekropen.

'Kom!'

Maar ik wil weten wat er in het gat zit. Ik haal een paar keer heel diep adem en steek mijn hand naar binnen. Tastend zoek ik de ruimte af. Ja, ik voel iets! Vierkant en van hout? Even later heb ik een klein kistje in mijn handen.

Op datzelfde moment schuift de kast opzij. Groenoog en een vijftal Svartalfers staan vlak voor me. De donkere elfen zijn gewapend met scherpe speren.

'Geef dat maar aan mij,' zegt de eerste trol en hij strekt zijn klauwen uit. Ik blijf stokstijf staan en doe alsof ik het niet hoor. Dan begint Groenoog te schreeuwen. Zijn schelle stem kruipt langs mijn oren mijn hele lijf binnen.

'Grijp dat kistje! Grijp die mensenelf!' Maar de Svartalfers aarzelen even. Dat geeft me enkele seconden de tijd. Snel zet ik een paar passen naar achter. Vanuit mijn ooghoeken zie ik de gang waarin de anderen verdwenen zijn. Daar moet ik heen. Maar hoe?

Twee Svartalfer-elfen komen nu akelig dichtbij.

'Jongeheer hier geven! Dat kistje is voor Groenoog.'

Is het de angst die mij op een idee brengt? Of is het de wil die ik voel om de lichtelfen te helpen?

'Maar wat is dat?.... Kijk!'

Ik wijs naar boven en roep luid: 'Wat schittert daar? Kan dat de Lichtsteen zijn?'

Ik hoor zelf hoe stom het klinkt. Geen elf die daarin trapt. Of toch wel?

De Svartalfers en Groenoog kijken met open-gesperde monden één luttele seconde omhoog. Ik neem een duik de gang in en begin als een bezetene te kruipen. Gemakkelijk is anders, omdat ik met één hand het kistje stevig vasthoud. Ik besef maar al te goed dat die kleine voorsprong de moeite niet waard is. Hooguit een paar tellen. Ik hoop op de onhan-digheid van de Svartalfers. Met hun speren in de hand komen ze bijna niet vooruit. En toch zitten ze akelig dicht op mijn hielen. Juist op het moment dat ik denk dat alles om zeep is, zie ik Philomon.

'Vlug Roel!' fluistert de kever, 'ik leid ze wel af.'

Snel kruip ik verder, maar kan het niet nalaten om nog even om te kijken. Daar zie ik Philomon in het midden van de gang. Onverstoorbaar zoemt hij heen en weer.

'Maak dat je weg komt stuk ongedierte!' roepen de Svartalfers.

'Wablief? Ik versta je niet zo goed. Ik ben maar een ouwe kever. Ik zie ook niet goed. Dat komt zeker doordat het hier zo donker is.'

Goeie Philomon. Snel kruip ik verder. De gang maakt een bocht en vlak daarna word ik onzacht aan mijn arm getrokken. Ik schrik en stoot vrij hard mijn hoofd.

'Au!'

'Sorry.'

Het is Epona! Ze trekt me de rotsspleet binnen. Deze is zo nauw, ik had hem niet eens gezien.

'We zijn allemaal hier. Niet schrikken, het is een waterpoel. Maar je moet erin. Sorry.'

'Ook dat nog,' denk ik hardop. Ik glijd het water in. Het is ijskoud. Het lukt me maar net om het niet uit te schreeuwen.

Dan schuift Epona een rotsblok voor de spleet. Allemaal houden we ons doodstil.

Ik voel hoe mijn hele lichaam door en door koud wordt. Het kost me enorme moeite niet luidop te klappertanden of te hijgen.

Heel in de verte hoor ik Groenoog schreeuwen. 'Breng mij dat rotjoch! Het reuzenrad is nog te goed voor hem!'

Ik pak het kistje nog wat steviger vast. Ik heb het toch maar mooi uit de handen van Groenoog kunnen houden. Hij wil het blijkbaar toch wel heel graag hebben.

Zou er een schat in zitten?

Epona fluistert zacht in mijn oor: 'Houd je het nog, Roel? Krijg je geen kramp in je armen? Anders doe je het kistje maar weg. Waarschijnlijk zit er toch niets van waarde in.'

Maar net als ik iets wil zeggen, klinken er stemmen in de gang.

'Philomon?'

Herne legt zijn hand over mijn mond. De hatelijke, sissende stem van een Svartalferelf klinkt schril door de gang.

'Stom beest! Groenoog is woedend als we de menself niet te pakken krijgen. Ik zal hem vertellen dat jij een handlanger bent van dat stuk menselijk ongeluk. En dan zwaait er wat voor je.'

Philomon antwoordt schijnbaar ongeïnteresseerd: 'Is dat mijn zaak? Ik woon hier. Dit is mijn thuis. Eigenlijk zou ik liever niet hebben dat jullie op bezoek komen. Dat brengt ongeluk.'

Ik moet lachen. Het gaat die dappere Philomon weer lukken! Toch duurt het nog heel lang voor we opnieuw zijn stem horen.

'Kom maar jongens. Ze zijn weg.'

Voorzichtig kruipen we het water uit. Dan gaan we via de nauwe rotsspleet dieper de gang in.

'Er staan twee wachters opgesteld bij de opening achter de kast,' zegt Philomon.

'Terug kunnen we dus niet. We moeten een andere weg zoeken.'

Na iets wat voelt als uren kruipen, beweegt er een zwak lichtje onze kant op.

'Ha, hier zijn jullie!'

Ik schrik me een hoedje, maar de anderen zuchten hoorbaar van opluchting.

'Gwynapp!' zegt Morrigon.

Hij en de oude elf omhelzen elkaar.

Gwynapp gebaart ons hem te volgen. Hij schuift een stuk rotsblok aan de kant. Daarachter bevindt zich een heel kleine grot. Lichtelfen zijn bezig met dampend water in houten tobbes te gieten. Iedereen kleedt zich onmiddellijk uit. Ik ook. Maar ik voel hoe mijn wangen gloeien. Heel bewust kijk ik dan ook niet in de richting van Epona. Zodra ik echter in het warme water glijd, ben ik haar vergeten. Alles vergeten.

Na het bad krijgen we droge kleren en een bord vol eten.

'Beter dan een koningsmaal!' lach ik. En heel even voelt alles weer goed.

HOOFDSTUK 16:

Puzzelen met runen

'Goed geslapen?'

Geeuwend strek ik me uit en zie Gwynapp zitten. Op zijn schoot staat het kleine houten kistje. Ik schrik. Verdorie het kistje. Dat was ik even vergeten.

'Wat zit erin?'

Gwynapp zegt verontwaardigd:

'Ik ben niet nieuwsgierig. Ik respecteer andermans goed. Hoewel ... Om heel eerlijk te zijn wil ik wel heel graag weten wat erin zit.'

De geur van versgebakken brood zweeft de slaapruimte binnen. Ik rammel van de honger en spring uit mijn bed. De anderen zitten al aan het ontbijt.

Vlug prop ik een stukje brood in mijn mond en zet het kistje midden op de tafel.

'Roel,' zegt Morrigon, 'wat er ook in zit, het is vast belangrijk. Groenoog heeft een bericht doen rondgaan dat wie het kistje ongeopend bij hem brengt, vrijgelaten wordt.'

Ik pak het kistje op en draai het rond. Nergens

zie ik hoe het open gaat. Met een tafelmes wrik ik onder het deksel. Hopelijk gaat het kistje niet stuk. Het is doodstil in de grot als het deksel even later openvliegt. Een dichte rookwolk stijgt uit het kistje op en een holle stem klinkt:

Los het raadsel op, de zevende dag,
Volgend na de zesde nacht,
Zo verdwijnt de trol zijn toverkracht

Met trillende vingers trek ik het deksel van het kistje helemaal open. Binnenin ligt een document dat ik snel openvouw. Wat zijn dat voor rare tekens? Die heb ik nog nooit gezien.

'Gwynapp?'

Ik schuif het document door naar de oude elf. Met een brede glimlach zegt hij:

'Gwynapp kent dit schrift. Het zijn oude runen. Gwynapp heeft ze vroeger in de elfenschool geleerd. Het runenalfabet bestaat uit symbolen die met bepaalde klanken overeenkomen. Rune betekent geheim of mysterie.'

'Kun jij dit mysterie onthullen, Gwynapp?'

'Het is een soort raadsel. Als we dit kunnen oplossen, komen we een stukje dichter bij het geheim van Groenoog.'

Dan leest Gwynapp de runentekens één voor één voor:

'**U**ruz, wat betekent: laat zien wat je waard bent.'

'So**w**ilo: zoek de kracht om het juiste te doen.'

'Oth**a**la: bestemming, ouderlijk huis.'

'**Da**gaz: bij doorbraak van het licht, dageraad.'

'**M**annaz: mens en man.'

'De runen staan wellicht niet in de juiste volgorde,' zegt Gwynapp. 'Dat kan nog weleens heel lastig voor je worden Roel.'

'Voor mij! Hoe kan ik dat oplossen? Ik weet niets van runen!'

'Maar jij,' zegt Morrigon, 'hebt dit kistje gevonden? Dus ik denk dat deze taak ook voor jou is weggelegd.'

Ik neem het document op en draai het heen en weer. Gek, er staan vetgedrukte letters tussen. Waarom?

'Hoelang kan ik erover doen?'

'Je bedoelt hoelang voor de Alfheim-elfen uitdoven?' vraagt Gwynapp.

'Ja.'

'De elfen die al ziek zijn niet meegeteld? Dan heb je nog ongeveer vierentwintig uren. Dan is het de zevende dag volgend op de zesde nacht. Dus alles moet binnen die uren gebeuren.'

Gwynapp laat moedeloos zijn schouders hangen. Ik zie het wel en daarom lach ik hem bemoedigend toe:

'Ik doe mijn best. Misschien kan ik dit raadsel oplossen, ik ben goed in puzzelen.'

'Je moet nog even wachten,' zegt Morrigon. 'We moeten eerst weer terug naar de grot van de lichtelfen. Ik hoop dat Groenoog ons daar niet opnieuw komt zoeken.'

Na de zoveelste kruiptocht door muffige, donkere en vochtige tunnels komen we weer aan in de grot van de lichtelfen. Alsof hij het beste idee in jaren heeft, zegt Morrigon:

'Weet je wat we doen?'

Ik haal onverschillig mijn schouders op. 'Weer als pieren onder de grond zeker?'

'Neen Roel, naar het verzorgingshuis voor de zieke elfen. De Svartalfers hebben een hekel aan zieken. Misschien wel zo erg, dat ze je daar niet komen zoeken,' zegt Morrigon.

Ik voel mezelf rood worden en heb spijt om mijn onhandige woordkeus. Maar Morrigon is een echte vriend en hij slaat zijn arm begrijpend om mijn schouder.

Eenmaal binnen brengen ze mij naar een tafel en laten me alleen. Ik gooi het document omhoog en hoop dat ik de oplossing zie als het terug op de tafel neerkomt. Ik ga eerst links van het papier staan, dan ervoor. Ik draai het rond en rond. Maar ik zie kop noch staart aan dat rare ding. Op alle mogelijke manieren schuif ik met de runen en probeer de gekste combinaties uit. Het lijkt alsof...

Epona brengt me een kopje warme nectar. Op de rand van het schoteltje ligt een versgebakken elfenbroodje.

'Kom Roel,' zegt ze en ze legt haar hand even op mijn schouder.

'Eet een beetje, om op krachten te blijven.'

'Hoeveel?' vraag ik haar.

'Hoeveel wat, Roel?'

'Hoeveel elfen zijn nog gezond?'

'Plusminus honderd.'

'Hoeveel zijn er ziek en uitgeput?'

'Een veertigtal! Vooral oudere en heel jonge elfen.'

'Jullie zijn dus met honderdveertig?'

'Honderdeenenveertig met jou erbij Roel.'

Het lijkt alsof ik een hap zand in mijn mond heb. Dat was ik helemaal vergeten. Ik ben ook een elf. Moet ik dit voor altijd blijven? Wat als Groenoog zijn toverkracht kwijtraakt? Kan ik dan nooit meer naar huis? Nooit meer naar mijn mama?

'Als het me lukt om jullie te redden, wat gebeurt
er dan met mij, Epona?'
Ik zie dat ze bijna huilt, maar net niet helemaal.
Ze kijkt me met strakke ogen aan:
'Onder de zieke elfen is er een kruidenvrouwtje.
Zij heeft speciale gaven. Maar door haar gebrek
aan licht, is ze tijdelijk haar krachten kwijt. Als het
ons lukt om te ontsnappen, zal ze jou wel kunnen
helpen Roel.'
Kijk, mijn mond lacht weer vanzelf. Maar in mijn
hart voel ik verdriet. Als het ons lukt om te ontsnappen, dan moet ik ook weg van Epona. Snel schud ik
die gedachte weer uit mijn hoofd.
'Epona,' vraag ik, 'haal jij Gwynapp even? Dan
kan ik hem vertellen wat ik heb gevonden. Misschien ben ik dicht bij de oplossing.'
Epona blijft stilletjes staan. Ik versta haar bijna
niet als ze zegt:
'Gwynapp is ook ziek. Hij is naar de ziekenkamer
gebracht. Hij kan niet komen, want hij ligt in een
diepe slaap.'
Moedeloos leg ik mijn hoofd op tafel en vraag:
'Morrigon?'
'Ik ga hem halen.' En weg is Epona.

Daar is Philomon. Hij zegt blij:
'Kijk Roel, ik heb een vluchtroute uitgestippeld.
Volgens mij kunnen we op deze manier de licht-

elfen veilig thuisbrengen. Tweemaal heb ik het traject gekropen. Het ziet er goed uit.' Dan ziet Philomon het runendocument op tafel liggen:

'Schiet het een beetje op?'

'Ik denk het wel, Philomon.'

'Heb je in het document ook Groenoogs naam gevonden?'

'Ik geloof van wel.'

Ondertussen is Morrigon er ook bij komen staan.

'Niks zeker? We kunnen het wel vergeten om terug naar huis te keren?'

'Eigenlijk hoop ik dat ik de oplossing weet,' zeg ik, toch wel een beetje trots.

Ik wijs naar de ingewikkelde tekens.

'Kijk, volgens Gwynapp staan de runen niet in juiste volgorde. Omdat ik geen verstand heb van runen heb ik hun betekenis logisch op rij gezet. En die ziet er volgens mij zo uit:

 'Mannaz: mens en man. Ik ben een mens, maar ook een man. Ook al is het er een jongere uitgave ervan.'

 'De meest logische rune die hierop volgt is: Othala. Deze staat voor bestemming of ouderlijk huis. Onze bestemming is Alfheim.'

'En dat is ook ons ouderlijk huis,' zegt Morrigon.

'Dan denk ik dat **Da**gaz volgt. Doorbraak van het licht, dageraad. Dan komen we te Alfheim aan.' Mijn stem trilt.

Vervolgens heb ik op het volgende teken gegokt:

 '**U**ruz. Laat zien wat je waard bent. Daar zullen wij bij onze ontsnappingspoging volop de gelegenheid toe krijgen. Nu blijft er nog één runenteken over.'

 'So**wi**lo, zoek de kracht om het juiste te doen.'

Ik raak helemaal opgewonden door mijn visie op het verhaal.

'En de kracht is onze vriendschap voor elkaar. De moed om weer thuis te komen.'

'Ja maar Roel, hoe kom je aan deze volgorde? Zo zijn er toch nog veel meer te bedenken?' zegt Morrigon. 'En dan hebben we nog altijd niet de naam van Groenoog.'

'Morrigon, ik ben ook nog niet klaar. Kijk eens goed naar de runen. Valt je niets op?'

Morrigon schudt stil zijn hoofd.

'Kijk!' Mijn vinger glijdt over de vetgedrukte letters binnen de runentekens.

'Eerst neem je de **M** van Mannaz, gevolgd door de al van Oth**al**a. Je kleeft er de da van **Da**gaz achter en zo valt de **r** van Urus op zijn plaats. Rest ons alleen nog de **wi** van Sowilo toe te voegen.'

'En al deze letters samen vormen het woord Mal-darwi,' juicht Philomon.

'Jij denkt dat hij zo heet? Waarom zou het niet bijvoorbeeld Darwimal kunnen zijn?' vraagt Epona.

'Omdat ik Groenoog deze naam heb horen mom-pelen. Je weet wel, in de oversteekgrot, vlak voor hij mij betoverde. Om eerlijk te zijn glunder ik van mijn eigen vondst.'

'Het klonk eerst als raar gebrabbel. Toen begon ik met die runen te schuiven. En opeens herinnerde ik het me weer.'

'Wat een geluk dat we jou hebben ontmoet,' lacht Morrigon.

'Nu kunnen we eindelijk een serieus ontsnap-pingsplan opstellen.'

'Wat hoor ik buiten?' fluistert Epona.

Morrigon rent naar het raam. 'De Svartalfers en Groenoog zijn terug!' roept hij.

'Ze hebben de slang bij zich. Vlug Roel! Neem het kistje met het document mee en volg me.'

Morrigon loodst me naar een ziekenkamer.

'Trek dit aan.' Snel geeft hij me een ziekengewaad. Dan doet hij me teken dat ik tussen de hagelwitte lakens moet kruipen. Hierna haalt hij een pakje uit de kast.

'Niet schrikken. Ik poeder je gezicht helemaal wit. Hopelijk zie je er dan ziek genoeg uit. Svartalfers zijn erg bang voor besmetting. Zij zullen niet te dichtbij komen! Dat weet ik wel zeker.'

Hij is nog maar net klaar, als Candonia, de slang van Groenoog, door het raam naar binnen glijdt. Sissend glibbert het monster tussen de bedden door. Zijn slangenogen bestuderen elke zieke.

Ik verstijf helemaal, als ik merk dat de slang extra veel tijd neemt om mij te bekijken. Maar even later glijdt hij door het raam weer naar buiten.

'Kom Roel,' roept Morrigon, 'vlug!' Als een haas spring ik uit bed. Morrigon en Epona leggen een andere elf op mijn plaats. Eentje die echt ziek is. Zo snel als we kunnen, rennen we met Philomon naar het grotgedeelte dat al onderzocht werd. Van hieruit zien we de slang voor een tweede keer naar het zorghuis gaan, maar nu in het gezelschap van Groenoog. Deze vloekt en tiert en gaat tekeer in de ziekenkamer. Gewoon omdat er geen Roel te vinden is.

HOOFDSTUK 17:

Ontsnappingsplan

Het bericht dat ik het geheim van het kistje heb opgelost, is als een lopend vuurtje rondgegaan. De lichtelfen weten nu dat ik Groenoog kan verslaan. Ze zijn dolblij met het vooruitzicht om terug naar huis te kunnen. Hun elfenhartjes jubelen, want op de zevende dag volgend na de zesde nacht is het zover. Dan kunnen ze naar huis. Maar op dit moment zijn ze er nog niet. Dat weten ze ook maar al te best. De voorbereidingen moeten zo voorzichtig en zo onopvallend mogelijk gebeuren. Ook omdat de wacht van de Svartalfer-elfen verdubbeld is. Gelukkig hebben de werkelfen al weken op voorhand draagbaren in elkaar geknutseld. Ze staan veilig verstopt in een kleine grot helemaal achterin. Ze hebben de hoop om ooit te kunnen ontsnappen nooit opgegeven. De elfen leggen de zieken met veel zorg op de draagbaren. De jongere elfen vertellen aan de ouderen, hoe en op welk tijdstip ze zullen vertrekken. Veel proviand moet er niet mee, alleen water. Bezittingen hebben ze hier nauwelijks, die zijn achtergebleven in Alfheim.

Het allerbelangrijkste dat er mee moet is de Lichtsteen.

Ik loop heen en weer tussen alle elfen en help waar het nodig is. Ik zet de draagbaren klaar en haak lakens en dekens eraan vast. Ook maak ik grapjes met de elfen, gewoon om hen een beetje aan te moedigen. Maar zo vaak ik kan, zoek ik met mijn ogen naar Epona. Het liefst van al knap ik klusjes op dicht bij haar.

'Hier, dromer,' heeft ze al eens met een blos op haar wangen gezegd. Het gaf me een warm, maar ook een kil gevoel. Want straks als alles lukt, ga ik weer naar huis.

Het is heel druk in het huisje van Herne. Alle plannen worden uitgewerkt en besproken. Samen met Philomon en enkele zorgelfen, nemen we de ontsnappingsroute voor de zoveelste keer door. Iedereen weet hoe noodzakelijk het is om dit plan te laten slagen.

Opeens zegt Morrigon heel plechtig:

'Wil jij de Lichtsteen dragen op weg naar Alfheim?'

'Wat een eer, Morrigon! Maar ik vind het geen goed idee.'

'Jij bent de sterkste van ons allemaal Roel. Vele elfen zijn ziek of verzwakt.'

'Ja, maar Groenoog en de Svartalfers zoeken mij. Ik denk dat we de steen beter kunnen meegeven aan iemand, die ze niet verdenken.'

Dan opeens krijg ik een idee. Zonder op antwoord te wachten ren ik weg uit de vergaderruimte. Ik ren naar het zorghuis, waar ik vrouwtje Ostara opzoek. Maar daar schrik ik wel even. Vrouwtje Ostara ligt er wel heel ziek bij.

Daarom fluister ik extra zacht:

'Vrouwtje Ostara, hoor je mij?'

'Ja jongen! Ik verwachtte je al. Als we weer thuis zijn, help ik je om weer mens te worden. Dan kan jij ook naar je geliefde familie.'

Het ontroert me. Maar op dit moment heb ik iets anders aan mijn hoofd.

'Heb jij hier ook kruiden bij je?' vraag ik.

Ostara glimlacht en haalt van onder haar deken een zakje tevoorschijn.

'Hierin zitten mijn kruiden, jongen. Ik ga nergens heen zonder ze. Maar wat wil jij ermee? Je moet de kruiden kennen als je ze wilt gebruiken. En we hebben geen tijd meer om je dat te leren.'

'Kun je misschien een kruidenmengsel maken om de zieke elfen te genezen?' vraag ik aan vrouwtje Ostara.

'Natuurlijk Roel. Maar dan heb ik wel een paar

extra ingrediënten nodig. Ik was al te ziek en te zwak om die zelf te gaan zoeken.'

'Kan ik die dingen voor je vinden, vrouwtje Ostara?'

'Ja! Kijk, doe ze hierin.'

Vrouwtje Ostara buigt zich over de rand van het bed. Ze haalt uit haar kleine nachtkastje een kalebas. Ernstige ogen in een verzwakt gezicht kijken me hoopvol aan. Ze fluistert zacht:

'Hier Roel, meng deze kruiden met vijftien druppels van de stalactiet uit de reuzengrot. Stamp met een kei een klein stukje stalagmiet fijn. En roer dan vijf lepeltjes daarvan door het mengsel.'

'En dat is het?'

'Ja jongen. Breng het mengsel weer naar mij toe, dan maak ik er kleine bolletjes van. Kruidenbollen.'

'Zal dat lukken, denk je?'

'Natuurlijk! Ik heb er ook alles voor over om veilig thuis te komen.'

'En als ze die kruidenbollen van je af willen pakken, vrouwtje Ostara?'

'Dan verdedig ik ze met mijn leven jongen. Waarom vraag je dat?'

'Ik leg het je later allemaal wel uit. Nu heb ik geen tijd.' Dan ren ik weer naar buiten.

Zonder veel obstakels kom ik terug bij Morrigon in de vergaderruimte.

'Morrigon, waar is de Lichtsteen?' vraag ik hijgend.

'Je bent toch van gedachten veranderd?'

'Nee, maar ik heb een veel beter idee!'

'Wat wil je dan doen, Roel?'

'Laat dat maar aan mij over. Zorg ervoor dat ik ook een gewone kei krijg. Een die in vorm en grootte heel erg lijkt op de Lichtsteen.'

'Komt voor elkaar.'

'Morrigon, ik wil ik je nog om een gunst vragen. Vertel aan iedereen dat ik de Lichtsteen bij me draag. Als de Svartalfers geloven dat ik hem heb, zullen ze mij achtervolgen en niet...'

'Wie niet?' vraagt Morrigon.

'Niet vragen, Morrigon. Denk jij nu ook maar dat ik de Lichtsteen heb.' Morrigon knikt.

Sneller dan ik dacht staat Morrigon weer naast me. In zijn ene hand heeft hij de Lichtsteen, in zijn andere de nepsteen. Ik zie een groot vraagteken in zijn ogen, maar zeg tegen hem:

'Het is beter als je het niet weet, mijn vriend.'

Dan ren ik weer terug naar het zorghuis. Ik wil graag nog een keer met vrouwtje Ostara praten.

Fluisterend vertel ik mijn plan aan vrouwtje Ostara.

'Mmm, ja, ik begrijp het,' knikt ze. 'Je kunt op me rekenen Roel.'

Als ik terug ga naar het huisje van Herne, zie ik dat de elfen hard hebben gewerkt. Het ontsnappingsplan is tot in de kleinste details uitgetekend. Morgen is het zover. De langverwachte zevende dag. Binnen enkele uren moeten we klaarstaan om te vertrekken. Het is te hopen dat de Svartalfer-elfen op het gebruikelijke uur naar bed gaan. Dan hebben we enkele uren voorsprong, alvorens de Svartalfers alarm kunnen slaan. Philomon komt hijgend naar binnen vliegen.

'Groot nieuws!' roept hij.

'Groenoog is met zijn gluiperige slangenvriend naar de stad. Hij zoekt een vervangend geschenk voor Halfingfeet, nu hij de Lichtsteen kwijt is. En de Svartalfer-elfen hebben bijna hun hele voorraad hommelbier opgedronken. Ze zingen allerlei liedjes, het ene nog valser dan het andere. Maar het belangrijkste is, dat ze ladderzat zijn. Dat is voor ons natuurlijk heel gunstig. Dus moeten we zo snel mogelijk vertrekken!'

'Na de avondcontrole,' zegt Morrigon. 'Anders is het vragen om moeilijkheden.'

HOOFDSTUK 18:

Roel geeft zich over aan de Svartalfers

Luid getrompetter! Het is tijd voor de avondcontrole. Een patrouille van Svartalfer-elfen beweegt over het plein. Gewoonlijk lopen ze strak in formatie. Nu… zijn ze stomdronken. Zo hebben de lichtelfen hen nog nooit gezien. De Svartalfers begroeten de Alfheimse-elfen met sierlijke handbewegingen. Ze zwaaien en ze zingen hen toe:

'Het is tijd, elfjes. Jullie oogjes moeten toe. Tijd om een tukje te doen.' Gierend van de pret kletsen ze op hun dijen.

'Groenoog moest dit eens zien,' lacht Herne.

Dit is de eerste keer dat ik Herne zo vrolijk zie. Hij kijkt naar de Svartalfers. Het lawaai dat ze maken is enorm. Ze gedragen zich potsierlijk en dat brengt mij op een idee. Zonder iemand aan te kijken stap ik naar buiten. Fier rechtop naar de patrouille van de Svartalfers.

Achter me hoor ik de verschrikte uitroepen van mijn vrienden:

'Roel, blijf hier! Wat ga je doen?'

Ik ben toch wel een beetje bang, maar ik zeg zo gewoon mogelijk tegen de Svartalfers:

'Zo veel pret jongens? Mag ik meedoen?'

Ineens is het doodstil op het plein. De Svartalfers kijken me argwanend aan. Een van hen roept: 'Dat is de mensenelf. Grijp hem!'

Ik loop nog dichter naar hen toe. Ik praat verder en negeer het bonken van mijn hart. En ik hoop, dat ze mijn knikkende knieën niet zien.

'Zozo, ventje! Jij hebt wel durf moet ik zeggen,' lalt de kleinste Svartalfer.

'Weet je dan niet dat we jou moeten vangen? Je maakt het ons wel gemakkelijk zo. Groenoog zal tevreden zijn als hij straks thuiskomt. Grijp hem, mannen!'

'Ik ga vrijwillig mee,' zeg ik zo kalm mogelijk. Ik laat hen mijn handen zien, 'zonder tegenstribbelen. Maar…' Dan stop ik even met praten. De Svartalfers wijken uiteen om iemand door te laten. Pelegrin.

'Wat wil je, Roel?'

'Kijk,' zeg ik en steek mijn twee armen weer in de lucht:

'Ik ga vrijwillig met jullie mee.'

'Is dat zo?' De stem van Pelegrin slaat over.

'Ja, maar Pelegrinus, voor wat hoort wat.'

'Pardon, het is Pelegrin. En wat bedoelt de jonge-heer?'

Pelegrin kijkt vals uit zijn samengeknepen ogen. Ik doe alsof ik het niet zie. Ik moet wel voortmaken, want als Groenoog terugkomt, valt mijn hele plan in duigen.

'Daar!' wijs ik, 'laat de gevangen elfen los. Bevrijd ze uit die kooien. Ze zijn totaal verzwakt. Ik denk niet dat het de bedoeling is dat jullie vanaf nu al het werk zelf gaan doen?'

'Ga je dan met ons mee?' vraagt Pelegrin, met een door hommelbier benevelde stem.

'Ja, maar ik heb nog één verzoek.'

'En welk verzoek mag dat dan wel zijn, jongeheer?' Pelegrin heeft moeite om uit zijn woorden te komen.

'Voor ik mij gevangen geef, wil ik graag een beker bier met jullie drinken.'

Nu lacht Pelegrin al zijn tanden bloot.

'Jij bent een moedig kereltje, Roel. Dat kan ik wel waarderen.'

Pelegrin grijpt een elf in z'n kraag en snauwt hem toe om voor Roel en de hele patrouille een vat bier te halen.

'Dappere jongen,' gromt Pelegrin. Ik haal opgelucht adem. Het is zoals ik hoopte. Een zatlap begrijpt meteen, dat iemand een biertje wil.

De weggestuurde elf is snel terug met een vat boordevol schuimend hommelbier. Een paar andere elfen zetten nog een hele reeks kruiken en bekers neer.

Ik hoop dat het genoeg is. Mijn gezicht drupt van het zweet.

'Mag ik de bekers vullen?' vraag ik zo nonchalant mogelijk. 'Dan kunnen jullie ondertussen de kooien naar beneden halen.'

Pelegrin vist een enorme sleutelbos uit zijn vest. Hij haalt er een grote loper uit en geeft die aan een Svartalfer.

'Doe wat de menself vraagt,' zegt hij.

Yes! Jubelt het in mijn buik. Het eerste deel van mijn plan is gelukt! Nu maar hopen dat...

Alsof ik mijn hele leven niets anders heb gedaan, ontkurk ik het vat hommelbier. Eén voor één giet ik alle bekers vol. Maar niet zonder er eerst een klein pilletje in te kieperen. 'Alleen voor in geval van nood Roel,' zei het kruidenvrouwtje. En of dit een noodgeval is!

Als alle bekers volgeschonken zijn, steek ik de laatste beker met veel bravoure omhoog. Mijn hart bonkt als ik vrolijk zeg: 'Tast toe jongens, proost!'

'Proost!'

'Ad fundum!'

De Svartalfers kijken me verbaasd aan.

'Ad... wat?'

'Ad fundum! Zo doen ze dat in de grote mensen-wereld. Het betekent dat je je glas in één keer tot op de bodem leeg moet drinken.'

Dat laten de Svartalfers zich geen twee keer zeggen. In één teug slaan ze het bier achterover. Maar Pelegrin blijft alert. Hij kijkt heel oplettend mijn richting uit. In mijn gedachten zeg ik tegen hem: 'Hup Pelegrin drink nu toch.'

De andere Svartalfers hebben de grootste pret. Ze lachen en gieren en raken nog zatter dan ze al waren.

Ook ik voel het bier naar mijn hoofd stijgen. Natuurlijk heb ik er bij mij zelf niet zo'n slaappilletje ingedaan. Nu maar hopen dat het goedje snel werkt.

'Jij meegaan hoor jongeheer!'

'Wees maar gerust Pelerientje.'

'Het is Pelegrin,' bralt de hoofdelf met een groen gezicht.

'Ik voele mij zo swaar in mijn koppie,' bazelt een van de trompetblazers.

'Ikke denke ikke slape.'

Ik moet hard op mijn wang bijten om het niet uit te schreeuwen van blijdschap. Daar gaan ze! Dat bewijst wel dat vrouwtje Ostara een kundig kruidenvrouwtje is. En dat die slaappilletjes behoorlijk snel werken. Eén voor één zakken de Svartalfers in elkaar en beginnen luid te snurken.

Als alle Svartalfers op de grond liggen, controleer ik even of ze wel echt slapen. Ik por ze zachtjes in hun zij. De enige reactie die ik krijg, is geknor en gekreun en walm van bier.

'Zo, dat is dat.' Ik spreid mijn vleugels en vlieg terug naar mijn vrienden. Een zucht van opluchting komt mij tegemoet. Philomon juicht me toe:

'Daarom moest jij zo nodig een geheim onderhoud hebben met vrouwtje Ostara?'

'Onder andere,' lach ik tevreden.

'Je bent een held Roel!'

Epona neemt mijn hoofd vast en zoent me teder op mijn voorhoofd. Ik begin te stotteren:

'Eh hm, hm, het wordt tijd dat we in actie komen. Str-str ... aks worden ze wakker. En dan h-h-hebben we de poppetjes aan het dansen. Komaan Ph-philomon.'

HOOFDSTUK 19:

Door de Kruipwegsteeg

Iedereen staat paraat. Alle elfenogen kijken me vol hoop aan. Zonder veel woorden laten ze me hun vertrouwen voelen. Maar ik, ik voel een zware druk. Hopelijk kan ik de verantwoordelijkheid aan om de ontsnapping te doen slagen.

Gelukkig heeft Philomon de gangen vooraf vrijgemaakt. Vele uren is hij bezig geweest om kleine en grote rotsblokken aan de kant te schuiven. Dit maakt de klus een stuk gemakkelijker.

Heel traag komt de lange rij elfen in beweging. Vooraan lopen de zorgelfen. Zij dragen de zieken op draagbaren. Hierna volgen de werkelfen. Zij zorgen ervoor dat de zorgelfen tijdig worden afgelost. Iedereen doet zijn taak stil en gelaten. Er is niemand die mort, niemand die klaagt. Het is een heel lange rij, die op het einde wordt gesloten door Morrigon, Epona, Gemma en Herne. En natuurlijk Philomon en ikzelf.

Geleidelijk gaat de stoet voorwaarts. De Kruipwegsteeg is lang en op bepaalde plaatsen smal en laag. Philomon heeft ervoor gezorgd dat de voorste elfen regelmatig verslag uitbrengen aan die in de achterhoede. Ik vind dat Philomon dat alles goed heeft geregeld. Onwillekeurig pak ik met mijn linkerhand het zakje vast dat rond mijn hals bungelt. Ja, de nepsteen zit er nog in.

'Philomon, wat doen we als we uit dit smalle gedeelte komen?'

'Tja,' zegt Philomon, 'dan komen we in die grote grot, waar jij voor de eerste keer Groenoog hebt gezien. De oversteekgrot!'

'Daar is ook de trap naar de zolderkamer van tante Nel,' zucht ik.

Philomon kucht. 'Je zult toch nog even moeten wachten Roel. Zo kun je niet terug naar de mensenwereld. Ze krijgen thuis vast de schrik van hun leven als ze je zien als elfenjongen.'

'Daar heb je gelijk in, Philomon. Wat is het plan als we daar aankomen?'

'Vanaf daar moeten we nog een heel eind vliegen. Hopelijk hebben de gezonde elfen nog genoeg kracht in hun vleugels om niet alleen zichzelf, maar ook de zieken naar Alfheim over te brengen,' zucht Philomon.

'O, maar daar heb ik aan gedacht,' lach ik tevreden.

'Oh ja?'

'Ik heb van vrouwtje Ostara nog meer gekregen. Ze heeft voor iedere elf een kracht-kruidenbol meegegeven. Voor elke gezonde elf één. Voor elke zieke elf zijn het er twee. Zo kan iedereen op eigen kracht naar Alfheim vliegen.'

'Dat is fantastisch! Als we jou niet waren tegengekomen, hadden we het nooit gered.'

'Ja, dan waren we nu niet hier, hé Philomon,' zegt Epona zachtjes. Ze loopt nu heel dicht naast me en pakt mijn hand. Ik zie een traan over haar wangen biggelen. Voorzichtig veeg ik hem weg.

'Kijk!' Ik laat haar de traan op mijn vinger zien.

'Nog een Lichtsteen.'

Juist op dat moment komt een van de boodschappers aangelopen.

'De zieke elfen zijn allemaal aangekomen in de grote grot. Ze wachten samen met de zorgelfen op verdere aanwijzingen.'

'Wel,' antwoord ik, 'laat de zorgelfen maar een beetje rusten. Geef ze allemaal een van deze kruidenbolletjes. Wij komen er zo aan.'

De elf rent weg.

Dan voel ik me opeens helemaal verstijven. Ik begin te beven van mijn haarpunten tot in mijn tenen. Wat is dat voor een akelig geluid?

Het komt van achter ons. Een eng gesis vult de hele gang. Een rauwe stem brult:

'Pak ze, Candonia! Vermorzel ze. Alleen de mensenelf breng je naar mij toe. Dat ellendige stuk ongeluk! Hij is het die ik moet hebben.'

Philomon kijkt geschrokken naar mij en zegt:

'Groenoog heeft de slapende Svartalfers gevonden. Wat nu, Roel?'

'Vlug, laten we met een paar elfen de gang dichtmaken met rotsbrokken. We gebruiken de stenen die jij naar de zijkanten hebt geschoven, Philomon.'

We beginnen als bezetenen stenen aan te slepen en op te stapelen. Het angstzweet drupt langs onze slapen. In een paar minuten hebben we de doorgang van de Kruipwegsteeg volledig dichtgestopt.

'Kom vlug!' roept Philomon. 'Groenoog zal het hier niet bij laten!'

Geen tel later blijkt hoezeer Philomon gelijk heeft. Een oorverdovend gekraak vult de smalle Kruipwegsteeg.

Ik schreeuw:

'De tunnel stort in! Rennen! Maak dat jullie wegkomen!'

Tussen de vallende stenen en de stofwolken door zie ik Groenoog staan. Hij steekt beide handen vooruit. Een gebaar dat ik me nog best herinner en dat niet veel goeds betekent. Snel buk ik me en begin afwisselend te rennen en te kruipen. Groene bliksemschichten schieten de tunnel binnen. Ik kijk achter me en zie dat de Kruipwegsteeg versmalt.

Als bij een ritssluiting bewegen de rotswanden naar elkaar toe.

Epona staat opeens naast me en gilt: 'Roel! Kom!'

Zo snel als we kunnen, rennen we struikelend en strompelend door de vernauwende tunnel. We willen zo vlug mogelijk naar het einde van de steeg. Ik ben er als eerste. Ik spring van de richel af de tunnel uit. Dan steek ik mijn handen omhoog om Epona op te vangen. Ze springt. Met een geweldig gekraak sluit het gesteente van de Kruipwegsteeg zich achter haar. Ze gilt onelfelijk. Een stuk van haar linkervleugel zit vast in de rotswand. Ze hangt halverwege de richel en de rotsbodem.

'Roe... ' brengt ze steunend uit. 'Roel... gaat verder... breng... ... Alfheim...'

'Nee! We gaan samen of niet.' Ik schreeuw mijn keel bijna stuk. Nog nooit ben ik zo bang geweest. Ik kijk wanhopig om me heen. Gemma gilt om hulp voor haar zus. Dan vliegen Morrigon en Philomon naar Epona toe. Ze proberen haar vleugel los te trekken. Maar Epona schreeuwt het uit van de pijn. Ik til Epona in de hoogte. Zo hoeft haar vleugel niet haar hele gewicht te dragen. Maar een ander angstig geschreeuw weerklinkt uit het voorste grotgedeelte. Philomon port tegen mijn schouder.

'Kijk Roel, daar beneden! Het is Groenoog.'

HOOFDSTUK 20:

Maldarwi

Ik kijk weer naar Epona. Ze probeert te glimlachen. In haar zachte ogen lees ik:

'Ga maar, Roel. Doe wat je moet doen.'

Met een brok in mijn keel roep ik twee zorgelfen toe: 'Kom hier en houd haar stevig vast! Ik kom terug.'

'Daar zou ik maar niet op rekenen mensenelfje,' lacht Groenoog vals.

'Ik kan de betovering verbreken. Kom, geef mij de Lichtsteen die dicht bij dat onschuldige hartje van je bungelt. Erg toevallig vind je niet, dat het net je vriendinnetje is die vastzit?'

Het kookt binnenin mij, maar ik probeer het onder controle te houden. Dan kijk ik naar de lichtelfen in de oversteekgrot. Ik zie de angst en het ongeloof in hun ogen. Ze denken vast dat de kans om terug naar huis te gaan verkeken is. Maar wat ze niet weten, is dat ik ook hierop voorbereid ben. Ik loop stoer en rechtop naar Groenoog toe.

'Zijn je lallende onderdanen al wakker, Groen-oog?'

Ik kan zien hoe de trol zijn vuisten nijdig balt naast zijn te korte lijf. Zijn ogen veranderen in dat felle smaragdgroen dat ik me zo goed herinner.

'Als ik je de Lichtsteen geef, laat je dan de elfen vrij?'

'Geen denken aan!' roept Groenoog. 'Daarbij… zonder de diamant hebben de Alfheimers geen levenskansen. Als ik de steen heb, kunnen ze niet meer weg. En…' lacht hij vals, 'ik heb de Svartalfers beloofd om hun personeel terug te brengen. Dus: NEE!'

Dat laatste schreeuwt Groenoog zo luid dat de hele grot davert. Dan wordt zijn stem opeens suikerzoet.

'Ben je vergeten Roel dat ik kan toveren? Kijk maar naar je vriendinnetje daar. Hoe lang houdt ze het vol, denk je?' Hij trekt zijn lippen grimmig samen.

'En Roel, geef je mij de Lichtsteen? Of moet ik hem komen halen? Ik kan het met of zonder toverkracht!'

Ik kijk naar de grond. Groenoog ziet dit aan als overgave. Zo te zien voelt hij zich heel sterk. Hij komt naar me toe. Hij steekt zijn klauwende vingers naar voren en wil mij het zakje afnemen. Maar ik ben sneller. Ik schuif het zakje over mijn hoofd en geef het hem. Zijn mond trekt samen tot een heimelijke lach. De grot vult zich met zacht gesnik van de lichtelfen. Dit was het dus! Hun reis eindigt hier.

Groenoog doet het zakje open en haalt de Lichtsteen eruit. Maar dan verstart zijn blik. Vernietigend kijkt hij me aan:

'Dacht je echt dat je me kon beetnemen?'

Zijn ogen lichten dreigend op. Alle lichtelfen krimpen ineen. Ze drukken zich tegen de rotswand. Ik sta recht voor Groenoog. Hij strekt beide armen voor zich uit:

'Nooit zul jij nog terugkeren naar de mensen,' fluistert hij hees. 'Nooit zul jij nog het genoegen beleven in het gezelschap van je familie te zijn. Ik verander je in een rotkever, zo eentje als je vriendje. Denk maar niet dat ik niet weet, dat hij het was die je telkens hielp om te ontsnappen.' Groenoog strekt zijn armen nog verder uit.

'Met veel vreugde geef ik jou een nieuw leven. Het leven van Roel, de kever.'

Ik voel de spanning tot in mijn tenen. Maar net voor Groenoog zijn toverspreuk kan uitspreken, schreeuw ik zo luid als ik kan:

'Maldarwi!'

Het is opeens stil in de grot! Doodstil. De ogen van Groenoog sperren wijd open. Ze flitsen in alle kleuren van de regenboog. Eerst smaragdgroen, dan helblauw. Even later worden ze geel en paars. Als ze rood oplichten, begint Groenoog te krijsen.

De Alfheimers houden elkaar stevig vast. Het gekrijs van de trol is ondraaglijk. Dan splijt de rotsbodem rondom Groenoog open. Een dikke, witte nevel stijgt eruit omhoog. Hij omringt Groenoog helemaal. Er klinkt een donderende, gebiedende stem: 'Je verdiende loon, Maldarwi. Van nu af aan ben je je toverkracht kwijt. Je gebruikte die voor eigen gewin. Dat was slecht. Ga terug naar je vrienden de Svartalfers, en blijf daar. Ook zij zullen nooit meer boven de grond komen. Het daglicht zal hen vernietigen. Zo kunnen zij nooit meer een bedreiging zijn voor de Lichtelfen. Neem ook je vriend Candonia mee.' Dan schuift de rotswand open.

'Ga nu,' klinkt dezelfde stem, 'verdwijn om nooit meer weer te keren.'

Maldarwi lijkt te beseffen dat hij verloren heeft. Met zijn hoofd trots opgeheven stapt hij door de rotswand en is weg. Met hem verdwijnt ook de dikke, witte wolk en de rotsbodem sluit zich weer. Het is doodstil in de oversteekgrot. Alle elfen staan roerloos bij elkaar. Achter mij voel ik de adem van een heel vertrouwd iemand. Ik draai me om en zie Epona. Door het verbreken van Groenoogs toverkracht is ook zij bevrijd. Ze kust me op mijn voorhoofd en roept:

'Onze held! Onze redder.'

Het is alsof de versteende elfen ontdooien:

'Hiep hiep, hoera!'

Ze grijpen elkaar vast en omarmen elkaar. Ineens lijken ze te beseffen dat Groenoog verdwenen is. Maar meer nog, dat ze terug kunnen naar Alfheim. Naar hun leven boven de grond in het schijnsel van de Lichtsteen. Ze dansen en juichen:

'Roel, Roel, Roel!'

Ik hoor het nauwelijks, want ik sta nu voor het ijzeren hek. Ik ben slechts door een trap gescheiden van mijn familie. Van mijn leven als mens.

HOOFDSTUK 21:

Alfheim

Alle lichtelfen vliegen van de oversteekgrot naar de nauwe uitgang. Een kruiplengte scheidt ons nog van de buitenwereld. De kruidenbollen van vrouwtje Ostara en het diepe verlangen naar vrijheid maken dat ze een overvloed aan energie hebben.

'Daar, daar is het!' wijst Morrigon.

Dan zie ik een wonderlijk landschap van bomen, waartussen kleine woningen hangen. Ze zijn vakkundig geweven van bloemstengels en planten. Minivlinders dwarrelen in het rond. Het geurt er naar zoet en groen. Overal is het een beetje verwilderd, maar de elfen huilen en juichen. Ze jubelen en wenen...van geluk. Ze zijn thuis.

Mijn mond valt open van verbazing. Zoveel moois heb ik nog nooit gezien. Het is een prachtige elfenstad. Hij doet denken aan een sprookjesachtig decor uit een film. De zieke elfen haasten zich naar hun huisjes om te rusten. De gezonde elfen beginnen dadelijk met het opruimen en opknappen.

Er is één erg eigenaardig huisje dat mij opvalt.

Het hangt aan de top van de hoogste boom. Op zijn beurt is deze omsingeld door orchideeën in de meest bijzondere kleuren. Rondom het huisje hangen aan de vele boomtakken groene, maar ook gekleurde planten.

'Dat is het huisje van vrouwtje Ostara,' lacht Morrigon. 'Ze is vast bezig met de oogst in haar kruidentuin.' Ja hoor! Daar vliegt vrouwtje Ostara met een rieten mandje. Ze plukt vlijtig van alle planten en takjes. Dan sorteert ze ze zorgvuldig in haar mandje. En vervolgens vliegt ze weer naar binnen.

'Kruiden om te verwerken tot pilletjes en drankjes,' weet Morrigon.

'Ik vind dat ze snel hersteld is.'

Morrigon knikt.

'Ja, ze heeft zelf natuurlijk ook zo'n kruidenbol genomen. Geloof me, vrouwtje Ostara heeft alles in huis om wonderen te doen. En als straks de Lichtsteen weer op zijn plek staat, zullen alle elfen zich voelen als voorheen.'

Dan kijkt hij me aan:

'Ga, Roel. Ga nu naar vrouwtje Ostara.'

Ik vlieg omhoog en wil aankloppen, maar vrouwtje Ostara heeft me al gezien. Ze lacht als ze de deur voor me openhoudt:

'Ik verwachtte je al.' Ze biedt me een stoel aan en tovert een kop dampende kruidenthee tevoorschijn.

110

Ik roep verrast: 'Kun jij ook toveren?'

'Wat had je dan verwacht?' lacht Ostara. 'Tuurlijk jongen, alleen heb ik daar mijn toverstok voor nodig. Maar meer nog het licht van de zon. Hier!' Ze geeft mij het kruidenzakje dat ze bij zich droeg in het zorghuis. Ik maak het open en haal er de Lichtsteen uit.

'Waar is de witte rots?'

Glimlachend kijkt het kruidenvrouwtje door het raam en wijst een berg aan die hoog boven de toppen van de bomen uitsteekt.

'Daar Roel! De top van die berg, dat is de witte rots.'

'Die is toch niet wit? Hij lijkt meer bruin.'

'Dat zal veranderen zodra je er de Lichtsteen hebt geplaatst.'

'Goed! Ik ga Philomon halen, en Epona.'

'Nee Roel, dit moet je alleen doen. Helemaal alleen.'

Ik begrijp er niets van. Maar ik heb veel respect voor vrouwtje Ostara. Daarom spreek ik haar ook niet tegen.

'Hoe kan ik nou weten waar ik hem moet plaatsen? Is het toch niet beter als er iemand meegaat?'

Het kruidenvrouwtje schudt haar hoofd. Dan raakt ze met de toppen van haar vingers mijn oogleden aan.

'Ga jongen, je ziet vanzelf wel waar de steen

111

thuishoort. Kom daarna terug en ik zorg ervoor dat ook jij naar huis kunt.'

Het is alsof er duizend spelden prikken in mijn hart. Ik voel me blij, maar aan de andere kant ook verdrietig.

'Epona.' zucht ik. Ostara hoort het:

'Roel, jij hoort in de mensenwereld thuis en Epona hier. Geloof me, het is beter zo.'

Dan hang ik het zakje om mijn hals en vlieg eenzaam omhoog, de witte berg tegemoet. Ik laat me zachtjes meedrijven op de zwoele wind en stuur bij waar het nodig is. Zelf vliegen is echt heel leuk. Dan zie ik de witte rots. Daar moet ik zijn. De top van de witte rots is een mooi, egaal afgesleten plateau. Ik land en kijk voorzichtig over de rand. Allemensen wat is dat hoog. Griezelig hoog. Omdat ik alleen ben spreek ik mezelf moed in:

'Nu goed kijken Roeltje, waar je de Lichtsteen moet plaatsen.'

'Goed idee,' klinkt er opeens.

Ik schrik, maar tegelijkertijd maakt mijn hart een vreugdesprong. Daar zit Philomon. Ik heb hem niet meer gezien sinds de verdwijning van Groenoog.

'Philomon! Waar heb jij uitgehangen?'

'Pardon, jonge vriend, uitgekrópen. Nadat Epona bevrijd was en de Kruipwegsteeg weer open, ben ik eens gaan kijken of mijn huis nog bewoonbaar was.

Toen dat zo bleek te zijn, ging ik terug naar de over-steekgrot. Iedereen was al weg.'

'Sorry, Philomon.'

'Geeft niet jongen. Ik weet de weg, hoor. Ik ben trots op je, flink mensenkind! Ik kwam hier om te zien of de Lichtsteen al geplaatst was. En nu heb ik het geluk om jou hier aan te treffen.'

'Jij bent de aardigste kever die ik ooit gezien heb, Philomon.'

'Gekkie,' zegt Philomon.

Mijn ogen prikken. Daarom kijk ik vlug de andere kant op.

'Nu moet ik de Lichtsteen nog plaatsen maar waar, Philomon?'

'Ik help je wel. Het einde van de dag nadert. Probeer de diamant terug te zetten voordat de zon ondergaat. Dan kunnen de elfen nog even genieten van de laatste stralen. Ze hebben ze al zo lang moe-ten missen.'

IJverig zoeken we het hele rotsplateau af.

'Philomon, kijk! Haken! Zou de steen daartussen passen? Wat denk je?'

'Proberen Roel. Proberen.'

Voorzichtig pak ik de Lichtsteen uit het zakje. Met beide handen schuif ik hem tussen de haken. Ik zorg er wel voor, dat de punt naar beneden wijst.

'Kijk Philomon. Het is gelukt!'

Ik wrijf in mijn ogen. Droom ik of is dit echt? Het zonlicht valt op de Lichtsteen en spat in honderden stralen uit elkaar. De kleurige vuurstralen schijnen over heel Alfheim. Philomon en ik kijken stil toe. Ik voel me als een klein kind dat een stuk speelgoed krijgt van Sinterklaas.

Het is gelukt.

HOOFDSTUK 22:

Afscheid

'Roel denk je ook niet dat het tijd wordt om naar huis te gaan? Je familie zal je missen.'

'Ja Philomon. Vooral tante Nel! Hoelang ben ik hier al?'

'Zeven dagen en evenveel nachten Roel. Hier noemen we dat een kwartum.'

Ik schrik!

'Zo lang? En of ze me mist. Nu is er niemand die kattenkwaad uithaalt. Inderdaad Philomon, het wordt tijd dat ik weer terugga.'

Glimlachend kloppen we op mekaars schouder. En dan vliegen we samen naar beneden, het mooie Alfheim tegemoet.

Daar heerst er één grote bedrijvigheid. Elfen vliegen af en aan. Aan alle huisjes hangen kleurige guirlandes en slingers met lichtjes. De lange feesttafels zijn prachtig gedekt met bonte kleden en frisse kopjes en schoteltjes. Rondom de tafels staan kleine elfenbankjes. Wat is het mooi.

Maar ik zoek Epona. Waar is ze toch? Dan voel ik iemand op mijn schouder tikken. Het is Morrigon. 'Dank je Roel voor alles. Blijf je nog even om te feesten?'

'Natuurlijk Morrigon. Een paar uurtjes langer kan nog wel.'

De zon gaat onder. Zij dekt zich toe met een rood wolkendek. Voorzichtig zakt zij naar beneden. Het lijkt alsof zij ook zo lang mogelijk van de feeststemming wil genieten. Melodieuze klanken van een vrolijk elfenconcert overspoelen de stad en overal zijn elfen aan het dansen. Ik word er stil van. De muziek, het feest en mijn gelukkige vrienden... Het maakt me blij en ook verdrietig. Hoe graag ik hier ook ben, ik mis mijn thuis.

'Dag Roel. Hier ben je! Ik heb je overal gezocht.'

Met een lach die mij doet smelten neemt Epona me bij de hand. Dan brengt ze mij naar een zoet geurende amandelboom vol met bloesems. Hier geeft ze me een knuffel die mijn hart doet overslaan. Ze stopt een kleine steen in de holte van mijn hand.

'Als herinnering aan de Lichtsteen,' bloost ze.

Ik rol de gladde steen heen en weer over mijn handpalm. Hij verandert telkens van kleur. Van diep, warm rood tot mistig wit.

'Dank je, Epona.'

Overal wordt er nu gezongen. En in het bijzonder voor mij. Het zijn liederen waarin de elfen hun warme vriendschap leggen.

Ik ga met Epona aan tafel. Philomon zit links van mij en Epona rechts. Tegenover mij zitten Gwynapp, Morrigon en vrouwtje Ostara. En Herne natuurlijk. Iedereen praat en lacht, zingt en eet... Het is feest! Ik voel me gelukkig en geniet met volle teugen.

Opeens gaat vrouwtje Ostara staan. Met een diepe glans in haar ogen en een zachte lach kijkt ze me aan. Dan wordt het heel stil. Iedereen stopt met praten. Ook de muzikanten leggen hun instrumenten neer.

'Roel,' zegt het kruidenvrouwtje, 'dan is nu voor jou het grote ogenblik aangebroken. Let op.'

Ze neemt een klein doosje uit haar schort en draait het deksel los. Ze haalt er een wit rond pilletje uit. Ze rolt het voorzichtig tussen haar duim en wijsvinger.

'Ben je er klaar voor, Roel?'

Ik klem mijn tanden op elkaar en voel hoe mijn wangen branden. Ik kijk naar Epona, maar zij sluit haar ogen.

'Je neemt zo dadelijk dit kruidenpilletje. Daarna brengen Epona, Philomon en Morrigon je naar het Brokkameer. Er moet wel op de tijd gelet worden. Exact binnen een uur begint het middel te werken.

Dit wil zeggen, dat je dan in een heel diepe slaap valt. Als je weer wakker wordt is er niets meer dat je herinnert aan dit avontuur. Niets zal je de weg wijzen naar elfenland. Je vergeet alles alsof het nooit is gebeurd. Kun je daarmee leven Roel?' Mijn stem klinkt vreemd hoog in mijn eigen oren als ik fluister:

'Ik kan me niet voorstellen dat ik jou ooit vergeet Epona.' Ze knijpt in mijn hand als teken van afscheid. Philomon streelt met zijn enorme voelsprieten over mijn hoofd. Hij kijkt me aan op een manier waar ik erg verlegen van word. Teder en wanhopig tegelijk. Een onzichtbare band schroeft mijn keel dicht als ik de elfen zie staan. Ze verdringen elkaar om mij gedag te zeggen. Dan is het zover. Ik stop het kleine, witte pilletje in mijn mond en spoel het door met heerlijke, zoete Alfheimse honingwijn.

Ik draai me om en steek mijn handen in de lucht. Dan wuif ik nog een laatste keer en vlieg Philomon en Epona achterna. Zij wijzen mij de weg naar mensenland. Het is ondertussen aardig donker. De maan hangt als een scheve glimlach in de met sterren bezaaide hemel. We vliegen tussen de vele bomen door. Als we aankomen in mensenland, klimt het zwakke ochtendrood al omhoog boven het Brokkameer.

'Dag vriend,' zegt Philomon hees, 'het ga je goed.'

'Kom,' zegt Epona. 'We vliegen nog één keer samen.'

Ze neemt me bij de hand en brengt me tot aan de oever van het meer. Hier dobbert een eenzame kano tussen het riet.

'Daar,' wijst Epona. Dan vliegt ze snel weg.

Ik land in de wiebelende kano en ga liggen. Mijn hoofd wordt zwaar. Ik kan het bijna niet meer rechthouden. Ik wil nog zoveel zeggen tegen Philomon. Eigenlijk wil ik wel blijven. Ik roep Epona's naam. Maar dan ineens kan ik niets meer. Mijn ogen vallen dicht.

Ik doe ze weer open. Het is zo donker. Ik heb het koud. Dan val ik in een diepe slaap.

'Kijk daar! Een jongen! Wat doet die daar?'

Ik begin ongecontroleerd te bibberen. Waar ben ik? In een kano? Wat? Dit kan niet. Ik haat boten en het water waar die dingen op varen nog meer. Op de oever staan een paar vroege wandelaars me aan te gapen. Ze wijzen naar mij en praten druk en onverstaanbaar door elkaar.

'Hoe ben ik hier terechtgekomen? Waar is mam? Was ik niet bij tante Nel op vakantie? Ik zoek in mijn hoofd naar een reden van mijn verblijf tussen het riet. Maar nergens vind ik enig aanknooppunt dat mij uit kan leggen wat ik in deze kano doe.

En wat heb ik nou aan? Het is toch geen carnaval? Ik schaam me om dat zwarte glimmende pak. Ik lijk wel een mislukte clown. Mijn handen glijden langs mijn lichaam. Er zit iets in de zak van mijn broek. Een kleine steen, die glinstert als een echte diamant. Hoe kom ik daaraan?

Ik rol de steen heen en weer over mijn handpalm. Wat een glinstering. Wat zie ik daar? Een heel mooi meisje? Met vleugels? 'Epona,' zucht ik diep. 'Jou vergeet ik nooit!'

Opeens herinner ik me de zolderkamer. Een laag deurtje. Een vaal gordijn en een wenteltrap naar beneden. Een ijzeren hek? En dan? Iets met groene ogen? Verder niets.

Een enorm grote zwarte kever kruipt over de rand van de kano. Hij vouwt zijn hoornige vleugels open. Fijne vliesjes komen tevoorschijn. Een lichte bries tilt de kever op en blaast hem over het water naar de kant.

'Dag Philomon.'

Sinds wanneer praat ik met kevers?